山中鹿之助

Seichō Matsumoto

松本清張

P+D BOOKS
小学館

目次

まえがき

連載を始めるに当たって

松本清張

日本の歴史で、どの時代が一番面白かったかと聞かれたら、私はすぐに戦国時代だと答える。何故かというと、戦国時代は人間が裸で、勝手な事が出来た時代である。古い規則に縛られずに、自分の実力で思うままの行動ができた時代である。後の徳川時代になると、秩序が出来上がってしまって、人間は、たいそう窮屈そうである。

戦国時代でも、信長とか秀吉とかいう知れすぎた人物は、余り有名すぎて魅力はない。ここには、山陰の一地方にあって、いつも大敵に挑みながら、一生を思う存分に暴れた「山中鹿之助」のことを書いてみたい。作者の筆も、思う存分に、本誌の上で走り回ろうと志している。

宿敵毛利元就の策謀に落ち、郷党尼子一族とともに、その悲劇の生涯を閉じた武将山中鹿之助。——それは、血で血を洗う戦国の世に、小国の辿らねばならなかった、運命の縮図でもある。

毛利元就《もうりもとなり》の巻

一

山中鹿之助幸盛《やまなかしかのすけゆきもり》は、出雲に勢力を振った尼子《あまこ》氏の家臣である。出雲国は今の島根県だ。

この小説が本筋にはいる前に、まず尼子氏のことを知ってもらわねばならない。

尼子氏の祖先は、近江国の源氏《げんじ》の流れであったが、出雲の守護代となってからは、代々この地方に住みついて勢力を伸ばした。その勢力は山陰諸国と安芸《あき》・備後《びんご》地方にも及んだ。城は富《と》田《だ》というところにあった。

この尼子氏は、晴久《はるひさ》のときに、安芸の国《くに》・毛利元就《もうりもとなり》に亡ぼされた。彼は策略をもって、敵の尼子晴久を滅ぼした。そのやり方が面白いから、この回は毛利元就のことを書くことにする。

毛利元就は芸州吉田《げいしゅうよしだ》から興《おこ》った。はじめは取るにも足らぬ田舎の豪族であった。

その頃、永正《えいしょう》、大永《だいえい》年間には、周防《すおう》、長門《ながと》、石見《いわみ》を大内義隆《おゝうちよしたか》が領《りょう》し、出雲は尼子晴久の領地であった。大内、尼子は敵国の間だった。

元就は、はじめ大内に属し、次には尼子に属し、後にまた大内の下についた。強国と強国の間に挟《はさ》まれた小さな豪族は、旗色しだいで、昨日はあっちにつき、今日はこっちにつかねばならぬ哀しい存在だった。

大内の家来となった元就は、大いに大内のために働いて度々尼子を破り、しだいに領地も広がり、家中でも重要な存在になった。しかし、この時元就はもう五十を過ぎていた。

天文《てんぶん》二十年の秋、大内義隆の家老《かろう》陶晴賢《すえはるかた》が謀反を起して主君の義隆を山口で殺した。元就は義隆のために陶に仕返しするのでもなく、かえって陶の手先になって働いた。まだ陶の方が強大だったからである。が、元就は尼子の領地を少しずつ攻め落して大きくなると、いつまでも陶の下で働く気がしなくなった。

「だが、陶と戦うとなると、尼子と両方から挾みうちされる恐れはございませんか。」

と家臣の中には不安そうに言う者もいた。

「いや、尼子は大内以来陶とは仇敵じゃ。両方が手を握ることはないから、大丈夫じゃ。万事儂にまかせてくれ。」

元就のその言葉で、はっきり陶と敵国関係にはいった。時に元就は五十八歳であった。

元就に三人の男の子がいた。長子《ちょうし》隆元《たかもと》、次子《じし》吉川元春《きっかわもとはる》、末子《ばっし》小早川隆景《こばやかわたかかげ》。この三人に対して元就は常に協力団結を教えた。三人とも武勇に優れ、元就の手足となって働いた。

天文二十三年の夏から秋にかけて、毛利はしきりと陶の領地に攻め入った。金山《かなやま》、草津《くさつ》などの諸城は毛利に降参した。

陶晴賢は怒って兵を差し向けたが、その度に破れた。しかし陶の兵力は二万、毛利はせいぜい三千、全体の勢力は陶がずっと優勢だった。陶はこの生意気な毛利を何とかして降参させようとし、毛利は陶との兵力の差をどうにかしてなくす工夫はないかと考えていた。

その秋、陶晴賢は山口の館《やかた》で老臣《ろうしん》を集めて作戦の相談をした。その席上で江良丹後守《えらたんごのかみ》が言った。

「元就は敵ながら一筋縄では行かぬ男です。手前の考えでは、間諜《かんちょう》（スパイのこと）を毛利方へ入れて、毛利を計略にかけては如何がと思います。」

「なるほど、それはよい工夫じゃ。」

と晴賢は喜んだ。

「その間諜は才智弁舌《さいちべんぜつ》優れた者でなければ勤まるまい。誰か心当たりがあるか？」

「天野慶菴《あまのけいあん》が適当と存じます。」

「それでは、ここへ慶菴を呼べ。」

晴賢の前に天野慶菴が呼び出された。

「その方を見込んで頼みがある。間諜となって毛利方へうまく入り込み、彼の作戦、人数、日付など知らせてくれ。その上彼を騙し、こなたの思うつぼの土地へ誘い入れてくれ。」

慶菴は一礼して引受けた。そこで更に細かなことを江良丹後がよく言い含めた。

二

慶菴は粗末な旅の衣裳に変え、まもなく芸州吉田の城下に現れた。

毛利の家臣に平佐源七郎《ひらさげんしちろう》という者がある。知り合いなので慶菴はまず平佐の邸へ行った。

「私は今まで元就殿と仲が良かったため、陶殿に疎んじられ、無実の罪を着せられて、こんな惨めな姿になりました。自害しようかと思いましたが、恥を忍んで参上しました。」

涙を落して平佐に語ると、源七郎はひどく同情して、慶菴を元就の前へつれて行った。

「おお、慶菴か。久しいのう。」

元就は目を細めて声をかけた。白髪が増えて白く光り、皺が眼尻にも鼻先にも眉間にも縦横《じゅうおう》に刻まれている。誰が見ても、人の好い、穏やかそうな老爺《ろうや》であった。

慶菴は平佐に言ったのと同じことを言って涙を零して晴賢を恨んでみせた。

「よい、よい。」

と元就は優しく慶菴をなだめた。

「その方が昔のよしみを忘れず、こなたへ参ったはめでたいことじゃ。ついては陶殿の様子はどうじゃ。詳しく話してくれぬか。」

うまく騙すことができたので、慶菴は心の中で喜んだ。そこで力を入れて江良丹後守から言い含められた話の筋を熱心に話した。

「こういう次第ですから、直ぐに御出馬《ごしゅつば》になればお味方の勝利は疑いありません。」

元就はすっかり感心したようであった。彼は慶菴を更に近くに呼びよせた。

「其方の申すことはもっともじゃ。儂も早速出馬したいが、実は陶方の江良丹後守がこなたに内通しおってのう。」

そう言って元就は手文庫《てぶんこ》の中から大切そうに一枚の書きものを見せた。江良丹後守の署名のある起請文《きしょうもん》（約束の手紙）であった。

慶菴は顔色が変るほど驚いた。彼は動揺を隠しながら、さりげなく言った。

「さては丹後守もお味方しましたか。それではいよいよ陶退治は疑いござりませぬ。」

「うむ。そこで、その方に頼みがある。」

と元就は真剣な色を見せて言った。

「手前にできますことなら、何なりとも。」

「これから岩国の江良丹後の所へ行き、彼と相談して、陶晴賢を騙して引き出し、打ち果すようにしてくれぬか。また、何とかして陶が厳島《いつくしま》に渡らぬよう、その方が計画してくれぬか。」

「ははあ。厳島に陶の手が渡っては、それほどご当家の為になりませぬか。」

「そうなれば、こちらに勝ち目はない。喉首に刃物を突きつけられているようなものじゃ。怖ろしいことよ。」

「では、仰せの通りにいたしましょう。」

「何分《なにぶん》、たのむ。」

天野慶菴は、呑みこみ顔をして引き退《さが》った。

元就は傍にいた子の隆元に、笑いかけた。

「聞いたか、隆元。慶菴は岩国などに寄りはせぬ。奴め、丹後が内通したと聞いて、あわてて晴賢のところへ注進に行くであろう。」

「すると、慶菴は陶の回し者ですか？」

「もちろんじゃ。儂には、あいつが空涙《そらなみだ》を出して晴賢の恨み話を申した時からわかっていた。それで、知らぬ顔で逆に使ってやったのじゃ。江良丹後の偽《いつわり》の起請文など見せてな。かわいそうに、江良は殺されるであろう。あの男は剛勇《ごうゆう》で陶方の大黒柱《だいこくばしら》じゃ。それで陶の手で丹後を除くように謀らったのじゃ。それから、厳島に陶の軍が来ては困ると言ったのも、狭い島へ陶の大軍を引きつける策略じゃ。」

慶菴は山口に戻り、さっそく晴賢にこのことを報告した。そのため勇将《ゆうしょう》江良丹後守は陶自身の手で殺され、また晴賢の大軍はうまうまと計略に乗って厳島におびきよせられた。

十月みそかの夜、元就は対岸の地御前《じごぜん》から密かに厳島に渡り、夜の闇に乗じて陶晴賢の陣に不意討《ふいう》ちをかけた。

三

陶晴賢の大軍を厳島の狭い地に引き入れて滅ぼし、晴賢を自害させてから、元就は、大内の領地であった周防、長門の二国を、そのまま手に入れた。

そうなると、強敵は出雲の尼子晴久であった。

毛利は前に一時、尼子の下についた時期があった。が、それはまだほんの弱小な田舎豪族のころであった。今は安芸に、周防、長門を併せ持ち、思いもよらぬ勢力にのし上がっていた。

そしてこの周防、長門の二州を持つものの宿命として、尼子氏に真正面からぶつかって戦わねばならないことになった。

尼子の軍勢は、贅沢な生活に慣れ、詩歌《しいか》や茶の湯などに耽っていた陶の兵力と違って、皆粒《つぶ》えりで強かった。簡単に戦を仕掛けることはできなかった。

尼子が強いのは、その一門の新宮党《しんぐうとう》がいるからだと元就は考えた。

新宮党の当主《とうしゅ》は尼子国久《くにひさ》で、宗家《そうけ》の晴久の叔父であった。国久には五人の男子があり、長男にまた四人の男の子があった。何れもそろって剛の者で、この新宮党がある限り、尼子はこ揺るぎもしないと言ってよかった。

「何とかして、新宮党を取り除く工夫はないものか。」

元就はまた考えはじめた。

彼は眉間の皺を一層深め、ああでもない、こうでもないと何日もの間しきりと策略を巡らした。

とうとう元就はあることを思いついた。

彼はふだんから心掛けておいている諜者共《ちょうじゃども》を集めて、苦い顔をして言った。

「出雲の領内に忍んで行ってな。斯様《かよう》に言いふらすのじゃ。新宮衆が毛利方に心を寄せて、晴久に謀反の心を持っているとな。必ず噂《うわさ》になるように仕立ててくるのだぞ。」

「かしこまりました。」

諜者達は命令を受けて立ち去った。彼らは様々な人体《にんてい》、様々な職業の者に変装する方法を心得ている。

何か月か経った。

出雲の領内では、ひそひそと、新宮党が謀反を起《おこ》すのではないか、というような噂が立つょうになった。

「世間の噂というものは、らちもないことを申す。」

と晴久は笑い捨てた。だが、まるきり笑いきれないような、かすかな心配が心の底に残るのを感じた。

「世間にどんな噂が立とうとも、我らに対して一門衆《もんしゆう》が謀反の心を持つなどということはないはずじゃ。だが、考えてみると、今頃まことに不思議な取沙汰ではある。」

晴久は城の高殿《たかどの》から遥かに新宮の方角を見やりながら、思わずじいっと考えこんだ。

さて元就は、もうそろそろよかろうと、頃合いを見計らって、ある日家臣に言った。

「近ごろ、罪人に死罪の決まっている者があるか？」

家臣は早速調べてきて答えた。

「ござります。」

「男であろうな、罪名は何じゃ。」

「はっ。四十一、二歳くらいの親殺しでございます。」

「うむ。では隆景を呼んでくれ。」

すぐ末子の小早川隆景がきた。このとき、二十一歳の若武者であった。

元就は言った。

「死罪ときまった科人《とがにん》が一人あるそうじゃ。その者に巡礼の衣裳を着せてやれ。首から文箱《ふばこ》をかけて懐に入れさせるのじゃ。」

「ははあ。」

「大切なのは、その文箱に文を入れておくことじゃ。新宮党なら誰に宛ててもよい。いかにも此方《こなた》に内通しているような内容の密書の文句を書いて、その文箱に入れる。それからその科人にこう申し聞かせる。この文箱を出雲のこういう人物のところへ届けよ。無事に使いを果したら一命は助けてやるとな。よいか。後から腕の立つ者二、三人を隠れて尾けてやるのじゃ。出雲領に入ったら、何処ぞでそいつを斬ってすてい。」

四

出雲の国の山中の道端に、辺りの雑草を血で染めて巡礼姿の一人の男が殺されていた。よほど腕の達者な者に斬られたとみえて、一刀のもとに息絶えていた。

「大変だっ。人が斬られて死んでるぞう。」

通りかかった百姓の一人がその屍体《したい》を見て仰天し、たちまち村中大騒ぎになった。

届けると早速役人が調べにきた。見るとその巡礼は首から文箱を掛けている。何気なく文面を読んで、役人は余りの重大さに肝を潰した。

「恐れながら。」

とすぐ代官に届けた。

代官もよみ終るとさっと顔色を変えた。慌ててそれを御上《かみ》へ届けた。

尼子晴久は、その密書の文面を読んだ。

「内々で互いによく承知しているかの一件、いよいよ御別心《ごべつしん》なく、彼の御方を打ち果された節は、御領地はお望みのように出雲と伯耆《ほうき》とを差し上げます……。」

宛て名は新宮衆の一人である。これで見ると毛利方の密使が巡礼に化けて入国したが、途中で変死したため、偶然に密書が手に入ったと判断された。

晴久は怒りと恐怖を感じた。

「さては世間の噂も嘘ではなかったのか。油断が出来ぬ。分からないのは人の心じゃ。」

ところがこれだけではすまなかった。元就はもう一度、念入りに謀略の仕上げをした。

尼子の本城は富田城である。守りの堅いことで聞こえた不落の城であった。ところが、ある日、その富田城の裏向きを一人の侍が通りかかった。ふと気がつくと、何やら結び文が落ちている。めったに普通の人間の来られない所である。

「さては恋文だな。」

大方、家中の若侍が、腰元衆の誰かを好きになって、附け文でもするつもりで忍んできて落したんだろう。そそっかしいやつだ、一つ読んでやれ、と拾って読み始めた。

ところが、それは穏やかならぬ文面だった。彼は驚き慌てて上役に届けた。

晴久は落し文の文句を読んだ。

「私は毛利家へ味方を致しますので、これから後はたとえ命が永らえても、お目にかかることはないでありましょう。まことにまことにお名残り惜しく、思いはとても筆には尽くすことができません。」

宛て名も、日附も、書いた本人の名もなかった。これで判断すると、毛利方へ内通した誰かが、その恋人に宛てて別れを惜しんだ手紙が、不用意に拾われたということになる。

晴久はすっかり新宮党が謀反するものと信じ込んでしまった。もう一刻も猶予は出来なかった。

「皆の者、如何が致したものであろう。」

晴久は富田城に腹心の家来だけ集めて相談した。

「新宮党の当主尼子国久を討つべきです。」

人々は一斉に言い、相談は決まった。

「しかし、国久殿は男子が多くて、皆それぞれに剛の者だから、正面から押しかけて行っては不利ではありませんか。」

「何とか国久殿を富田城に誘いよせて成敗された方がよろしいかと思います。」

「何として誘いよせたらよかろう。」

「乱舞《らんぶ》の見物に事寄せては如何がでございましょう。」

「うむ、それはよい考えじゃ。」

そこで早速、新宮の国久の元に使者が向けられた。「明日は乱舞(能)を興行するによって、登城《とじょう》なされたし。」

国久は喜んで出席すると答えた。

五

天文二十三年十一月一日、国久はほんの小人数《こにんずう》の郎党とともに富田城へやってきた。城中では晴久と会った。

二人の間柄は叔父と甥であるが、また同時に主従でもある。晴久は機嫌が良かった。

京から乱舞役者が来て城内に滞在していた。やがて舞台で舞が始まった。何も知らぬ国久はその舞を見物して大変喜び、また晴久の心尽くしを嬉しく思った。その後で晴久と酒宴をすることになっていた。

城方では、手筈は整っていた。襖の陰に腕のたつ武士を三、四人忍ばせておいた。さて舞の見物がすむと、晴久と国久は一室に向い合って座り、盃を手にした。瓶子《へいし》（とくり）を持って酒を注ぐ役の近侍《きんじ》が、傍にたった一人控えているだけであった。主従というより、肉親の間柄なので、遠慮は少しもなかった。酒は気持よく進んだ。大分《だいぶ》盃のやり取りが重なってから、やがて晴久がさりげなく訊いた。

「近頃、我が家中に毛利に内通する者があると世間で噂しているそうな。叔父御《おじご》は聞かれぬか？」

「聞かぬでもないが、根もない噂じゃ。気になさることはなかろう。」

五十を越しているが、見るからに武勇に優れた剛の者らしい赤ら顔をしている。その国久に、晴久は更に言った。

「噂では、新宮党の中に謀反の心を持っている者があるということだが。」

「おかしなことを言う。我らの間のことを知らぬ馬鹿者の蔭口じゃ。そのような噂を広めたのは、大方、毛利の細工かも知れぬ。」

元より身に覚えのない国久は、悠々と盃を口に運びながら、表情にはほんの少しの変化もなかった。新宮衆の謀反を信じきっている晴久には、それがひどく横着そうに見え、怒りが胸に突き上げた。

晴久は近侍に目配せした。近侍は心得て酒を注ぐ振りをして、いきなり瓶子を国久の顔に投げつけた。

「何をする。」

国久はとっさに避けた。とたんに太刀を掴んだ晴久が立ち上がった。それを合図に、隣室から襖を蹴倒して、槍を持った武士達が飛び込んできた。

「裏切者。」

槍は国久の起ち上がりかけた横腹を抉った。その柄をむずと握ったまま、国久の大きな体は転倒した。肩と頭を刀を持った者が斬った。

「成敗。」

太刀を抜いて立っていた晴久が厳かに言った。それが一日の宵の出来事であった。

翌二日の早朝には、晴久の軍勢が新宮に押し寄せて、その一党を討った。国久のいない所を大挙した晴久の手勢に攻められては、剛勇をもって聞こえた新宮党もさすがに一溜まりもない。

国久の子である誠久《さねひさ》、豊久《とよひさ》、敬久《たかひさ》、又四郎《またろう》、民久《たみひさ》、皆殺された。

ただ、このとき、孫の孫四郎《まごろう》だけは、乳母の懐に抱かれて無事に逃げのびることができた。この幼児が、後に山中鹿之助の一党に主君として立てられ、毛利に抵抗した尼子勝久《かつひさ》である。

元服の巻

甚次郎

山中鹿之助幸盛は、天文《てんぶん》十四年（一五四五年）の夏、出雲国富田に生まれた。富田は、今の島根県広瀬町の近くである。

ここは、尼子の居城の月山城《がっさんじょう》があった。

月山城は富田川の流れを前に控え、切り立った谷に囲まれた要害堅固《ようがいけんご》な山城である。尼子氏が代々ここを本拠として、山陰一帯に勢力を振るっていた。

鹿之助の父は、この尼子の家臣であった。中老《ちゅうろう》という、かなり重い身分であった。父の名は幸重《ゆきしげ》といった。

幸重が二十五歳の時に、男の子が生まれた。まるまると肥えて、目方も人並みより重い。

「この子の名は、甚次郎《じんじろう》とつけよう。」

幸重は、我が子にそう命名した。白紙に名前を書き、床に飾って祝った。

甚次郎は、すくすくと育った。育つにつれて、体格はほかの子より大きい。

「山中さんの坊っちゃんは大きいな。まだ二つというが、三歳にも四歳にも見えるな。」

近所では、そう噂し合った。

三つになると、そろそろ腕白を始めるようになった。近所の年上の子を泣かせて、母を困らせることがある。

「武士の子は、そのくらいでなくてはならぬ。」

と父は、にこにこ笑っていた。

この父は、あまり丈夫ではなかった。二十七歳のときに、軽い病気で床についたが、それきり枕が上がらなくなった。病気は、日増しに重くなってゆく。

母は心配して、看病を尽くしたが父は痩せ衰えるばかりである。医者もとうとう匙を投げて、

「万一のご覚悟をなさった方がよろしゅうございます。」

と母を陰に呼んで、こっそり言い渡した。父の幸重も、自分の病体がわかったのか、ある日、母を枕元に座らせ、

「自分の亡き後は、どうか甚次郎の事を頼む。」

と遺言した。

「あなた。そんな、お気の弱いことをおっしゃっては――。」

と母は涙を隠して、励ましたが、

「いやいや、人間の生命は、天の定まったところじゃ。これだけは人の力では、どうすることもできない。ただ、わたしに心残りのないように、甚次郎の養育をしてほしい。」

と父は頼んだ。

「それは、ご安心ください。必ず、立派に育てます。それにつけても、早くご病気が良くなって下さい。」

母は言った。

実際、母は附近の神社やお寺に参って、熱心に祈ったが、その甲斐もなく、父は二十七歳の若さで、とうとう亡くなってしまった。甚次郎が、三つの時である。

幸重が死んだので、俸祿《ほうろく》（主君から貰う米。昔は全て米で勘定した。今でいえば給料である）を失った。三歳の幼児では、跡が継げないのである。

母は富田の城下を引き払い、山奥の田舎に移った。ここで、細々ながら百姓をして暮らそうというのだ。

が、何分、女手一つのこと、百姓仕事でも知れている。昨日までの豊かな生活とは打って変わって、貧乏暮らしがはじまった。

しかし、どんなに貧乏でも、

「この子だけは立派に育てて、山中家の跡継ぎにしなければならぬ。」

と、母は歯を食いしばって、働くのであった。

そんな母の苦労は、まだ小さい甚次郎にはわからない。五つ六つになると、腕白の盛りである。その辺の子どもを集めては、いつもがき大将になって威張っている。どんな大きな子でも、甚次郎の力には敵わないのだ。中には、彼より二つも三つも上の子がいて、

「チビのくせに、生意気な。」

と喧嘩をしかけて、とっちめようとするがいつも逆に甚次郎の為に、散々な目にあった。

「どうだ、参ったか。」

甚次郎は、相手を押え、力任せに顔を地面に擦りつけるから、大抵の子が、顔の半分を泥と血だらけにして泣き出す。

「どうだ、おれの家来になるか。」

と甚次郎は、相手が降参するまで、容赦はしない。

たちまちのうちに、山中の甚次郎といえば、暴れン坊で、近在《きんざい》になりわたった。

山の子

母は、そういう甚次郎をみて、頼もしくもあれば、心配でもある。

「甚次郎や。いい加減にしなさい。他所《よそ》の子どもさんに、ケガでもさせてはなりませぬ。」

母が、小言をいう。甚次郎は、

「はい、はい。」

といって素直な返事はするが、腕白は少しも改まらない。

母が、いちばん困るのは、甚次郎が着物を破ってくることである。何しろ山でも谷でも、見境なく走り廻るのだから、木の枝や茨に引っかけて、あっちこっちを裂いて帰ってくる。

そのころは、呉服屋などという便利なものはなく、ことに山深い田舎では、なんでも自給自足だ。甚次郎の家は他所より貧乏だから、それも充分でない。

だが、母は勝気な人であった。甚次郎のために、畑の一部に麻を植えた。その麻をとって糸を紡ぐ。それから、その糸を織って、布をつくった。

「甚次郎。これを着なさい。」

母は織り上げた布で着物を縫って着せてくれる。だから、甚次郎の着物は、いつも新しかった。

「甚次郎だけは、何とか一人前にして、世に出さねば。」

という母の心である。その為には、汚ない着物を着せたくなかった。我が子の出世を思ってである。

その代わり、母は、自身ではいつも垢まみれの着物を着ていた。自分の分まで余裕がなかったのである。

そればかりではない。

母は、甚次郎の布の余ったものを、他の遊び友だちの子に分けてやった。これは、いつも甚次郎の腕白で、他の子が迷惑していると思ってしたことである。

「甚次郎さんところのおかあさんは、えらい人だ。」

と近在で感心しない者はない。

自然と、子ども達も甚次郎を慕ってくる。十二、三歳になると、すっかりお山の大将になってしまった。

この辺の山は深い。中国山脈に近く、山また山が重なっている。古代からの自然林も多く、樹海は果て知れずに、広がっている。

森林には、サル、シカ、イノシシ、ヤマイヌなどが住んでいた。

いかに田舎の子でも、こんな野生動物は恐ろしいから、あまり山の深いとこには行かない。

ところが甚次郎は平気だ。どんなところでも入って行く。

「甚次郎さん。恐いから帰ろうよ。」

と、それまで着いてきた子ども達も、山深くなってくると、ベソをかいて尻込みする。

「なあに、大丈夫だ。来たくないやつは帰れ、帰れ。」

と甚次郎は言う。それで、一人帰り、二人離れて、ついには、甚次郎一人だけになってしまう。

誰がいなくても、甚次郎は一向に構わないのである。這うような山坂も、日光も通らない夜のように暗い森林も彼にとっては、まるで自分の庭を歩くようなものだった。

キャッ、キャッと鳴いて、たくさんのサルが木から木を伝う。ばさばさと木の葉が風でも起ったように揺れて、シカが走り回る。どこかでは、ヤマイヌの鳴く声がする。そんなものには、甚次郎は一向に平気だった。

そういう遊びを毎日していると、サルの方でも慣れてくるものとみえ、しまいには、甚次郎少年の肩や、首のあたりに乗ったりした。

「よし、よし。」

と甚次郎も、時には芋など掘って与えたりするから、サルとは仲良しになってしまった。

サルばかりではない。いつのまにか、シカとも慣れて、その首を抱いたり、背中を撫でたりできるようになった。

「人間の子と遊ぶより、よっぽどいいや。」

と甚次郎は思った。彼は面白くてたまらない。夏の暑い日などは、山の中の池に飛び込んだりした。

海抜五〇〇メートル以上もある高い山中の池は、太古《たいこ》の青さを湛えて薄気味が悪い。池の底には、何がいるかわからない。甚次郎はそんなところも平気だ。白い飛沫を上げて飛び込み、カワウソか何かのように泳ぎ回る。

おかげで、甚次郎の体は、鉄のように固く締まり、皮膚の色は赤銅色《しゃくどういろ》になった。その顔は、小さい山男そっくりである。少しくらいのケガでは、血も出ない。

「甚次郎さんは、山の神の生まれ変わりではないか。」

と噂されるようになった。

このころが、永祿《えいろく》の始め（一五五八年）である。

世の中は、まさに戦国時代であった。

尼子の当主は晴久であった。前回にも書いたように、尼子の勢力は、安芸国（広島県）の片田舎から興った毛利元就に圧迫されて、著しく縮まった時である。

この頃元就の三人の息子たち、長男の隆元、次男の吉川元春、三男の小早川隆景は一致協力して、毛利は相変わらず日の出の勢いであった。三人は、まことに良くできた子で、ことに吉川元春と小早川隆景は、世に稀な名将であった。（この二人の姓が毛利でないのは、他家に養子に行ったのである。）

尼子晴久は、なんとかして昔の勢いに盛り返そうとして焦っている。

東の遠い地方では、織田信長《おだのぶなが》が頭をあげ、秀吉《ひでよし》は藤吉郎《とうきちろう》といって信長に初めて仕えた年でもある。徳川家康《とくがわいえやす》は、まだ今川義元《いまがわよしもと》の人質であった。

京都は、うち続く戦乱に荒れ、皇居の破れた所からは灯が漏れて見えた時代である。

しかし、そんなことをむろん甚次郎が知るわけはない。彼は、相変わらず、深山を獣の様に駆け回っていた。

そして、彼もいつか十六歳になっていた。

客

ある日、甚次郎の家へ、見なれぬ立派な客があった。

客は四十ばかりの堂々たる武士である。供人も四、五人連れている。こんな山家《やまが》に来るような人物ではなかった。

甚次郎が畑から帰ってくると、

「甚次郎か。直ぐ裏へ回って足を洗い、此れへ来るがよい。」

と母がいう。いつも落ちついている母が、今日はどういうものか、そわそわしている。

甚次郎も、見すぼらしい我が家の門口に供人らしい侍がかしこまっているので、不思議に考えたところだ。なんだろう、と思いながら足を洗って座敷に上がった。いかに貧しいとはいえ、武士の家である。調度らしいものはなんにも無くても、チリ一つなく清潔で、どこか気品さえある。母の奥ゆかしい心遣いであった。狭い部屋だが、上座には、上品な客が座っていた。甚次郎は内心で驚いた。こんな立派な風采の人を見たことがない。

「甚次郎。ご挨拶なさい。」

と母は横に座って言った。外で暴れる時はともかく、家の中では母の行儀躾がやかましく、甚次郎もおとなしく客にお辞儀をした。

「これが、倅の甚次郎でございます。」

母が客に言った。

客は、甚次郎が入ってきたときから、目を離さずに、じっと見ていたが、母にそう言われて、にっこりと笑った。

「おお、其方が甚次郎か。なるほど、父の面影がある。幾つになったか?」

客に聞かれたので、甚次郎は、

「十六になりました。」

と答えた。悪びれた様子もなく、少し、ぶっきら棒なくらいである。

「ほう。もう十六になったか。」

と客は、繁々と甚次郎の体格に見入って、一人で頷いていた。

母が、

「甚次郎、この御方は、亀井秀綱《かめいひでつな》様と仰せられて、尼子様のご家老でいらせられる。丁寧にご挨拶しなければなりませぬぞ。」

とたしなめた。

亀井秀綱は、尼子晴久の老臣で、祖先は近江源氏《おうみげんじ》の流れを汲み、歴《れき》とした家柄であった。

その秀綱は、母に向かい、

「これまで育てられたあなたのご苦労は、並々ならぬとお察しいたします。」

と言った。母は、気丈のようだが、やはり女である。

「かたじけのう存じます。」

と目に涙を浮べている。亀井秀綱は、

「さて、甚次郎。其方も十六ともなれば、最早一人前じゃ。どうじゃ、父の跡を継いで、尼子家に仕える気持はないか？」

と言った。甚次郎よりも母が驚いて、

「亀井様。それは本当でございますか?」

と目を輝かして顔をあげる。

「なんの嘘を申そう。亡くなった主人、山中幸重は立派な武士であった。それに、男の子があったのは、私も覚えている。幸重の子であれば、さぞ親の血をひいて、親に負けぬ天晴な男になろうと、いつも考えていた。尼子家は、今危難《きなん》の時じゃ。一人でも役立つ家臣がほしい。それで、私が殿にお願いして、迎えるつもりで来たのだが、甚次郎を見て、私の思った通りだと分かった。さぞ勇ましい武士になるであろう。どうじゃ、尼子に仕えてくれぬか。」

亀井秀綱は、微笑しながらも、熱心な口調で言った。母は嬉しくてならず、袂で目をおさえて、

「でも、この通りの山育ちでございます。なんの行儀も知っておりませぬ。お殿さまの前で無事に務まりますかどうか。なにしろ、深山を駆け歩いては、サルやシカを相手に育ったような子でございます。」

と言った。亀井秀綱はそれを聞くと、

「なに、サルやシカと友達同様に暮らしてきたか。うーむ。成る程、どうりで、体格といい、面魂《つらだましい》といい、尋常《じんじょう》ではないと思っていた。いや、よい。これは気に入った。そう聞くと、いよいよ欲しくなった。是非、尼子家に来てくれ。主君も御聞きになれば、さぞ御満足なされる

であろう。」

「亀井様。」

と母は、感激して泣き伏した。

「私からお願いしたいことでございます。是非、この子を尼子家の御家来の末にお加えくださいまし。亡き父も、さぞ喜ぶことでございましょう。」

「そうと決まったからには、武士らしくならねばならぬ。幸い、十六歳なれば元服じゃ。この秀綱が元服の親となり改めて名を付けてやるぞ。」

と彼は、じっと考えるように眼を閉じたが、

「おお、出来た。」

と膝を叩いて叫ぶように言った。

「え。元服名まで付けて下さいますか?」

「うむ。良い名じゃ。この子は山でサルやシカと遊んできたから、鹿之助と付けたらよい。それに父の幸重の一字を貰って、幸盛とする。山中鹿之助幸盛。どうじゃな?」

「山中鹿之助幸盛。」

母は呟いて、思わず、にっこりと笑った。

三日月の兜

「甚次郎、其方は今日から山中家を継ぎ、鹿之助幸盛と名乗るのです。父の名を恥ずかしめず、尼子家に忠勤を励むのですぞ。」

「はい。」

甚次郎は、思わず頭を下げた。

たった今から鹿之助幸盛という武士だと思うと体の中から勇気のようなものが沸いてきた。よしやるぞ。負けるものか、と心の中で叫んだ。

「鹿之助。其方に渡すものがある。」

母は改まった声で言った。そして立ち上がると座敷の神棚の下に置かれてある黒いひつを動かした。これまで、母が絶対に甚次郎に指を触れさせなかった大切なひつであった。

「これを、開けて見るがよい。」

鹿之助は、初めて許されて、黒塗りびつに掛かった朱《しゅ》の紐を解いた。蓋を開ける。

「中のものを出しなさい。」

母の言葉通りに、ひつの中に収まったものを出すと、それは兜と鎧であった。鎧は日通しの目の覚めるようなもの。それよりも見事なのは兜であった。

「この兜は山中家に代々伝わる家宝です。今日の元服のめでたい日に、其方にあげます。」

母は、厳かに言った。鹿之助は兜の立派さに目を見はった。前立《まえだて》は三日月を象《かたど》った白銅で、脇立《わきだて》はシカの角がそれを囲むように両方から伸びている。変わった兜ながら堂々たるものだ。

傍で見ていた亀井秀綱も感嘆して、

「これは見事じゃ。どれ。それでは、私が元服親として、兜を着けさせてやろう。」

と立ち上がった。

昔は十六歳になれば武士の子は元服式をする。今でいえば成年式に当たるであろう。初めて武士として一人前になるわけだ。そのとき、元服親というものがあって、大抵身分の高い者が務める。彼は若者の前髪を落とし、鎧、兜などの具足《ぐそく》を初めて着せてやる。武士の家では、大変めでたい式なのである。

鹿之助は鎧を着け、三日月の前立、しか角の兜を被った。人並大きい体格だから、まことに立派な武者振りだった。

秀綱は、扇を開いて、

「見事、見事。」

と褒めた。母も鹿之助を見上げて言葉も出ない。おそらく長年の労苦が今報いられて、嬉し涙で喉が詰まったのであろう。ただ、我が子の成人した姿を見詰めるばかりであった。

秀綱は、そこで鹿之助の母に向かい、

「さて。鹿之助は私が預って、これより月山城に参り、主君にお目通りさせる。ついては、あなたもご一緒に参られぬか？」

と言った。すると、母は首を振って、

「鹿之助の働きはこれからでございます。いま、わたくしが一緒に行きましては、なにかと足手まといになります。この子が一角の功名《こうみょう》をしましたら喜んで参ります。それまでは、ここに残っているつもりでございます。」

と答えた。秀綱は今更のように感心した。

「流石にお見上げ申した御心です。それではお寂《さび》しいだろうが、しばらく待ってくださるか？」

「はい。どのように寂しくとも待っております。」

気の強い母は、唇を噛んで答えた。鹿之助は、

「母上！」

と、堪り兼ねて、走り寄った。

「鹿之助。取り乱すでない。母と共に暮らしたければ、一日も早く手柄を立てることじゃ。」

「母上。わかりました。きっと功名を立てて直ぐに母上をお迎えいたします。必ず、必ず
――。」

鹿之助は、初めて泣き出した。

しばらくして、亀井秀綱の一行に入った鹿之助と、家の前に立つ母との、いつまでも手を振り合う姿が見られた。

山国の日は落ち始めた。夕風が出た。鹿之助の姿は、ついに峠の向こうに消えたが、母はいつまでもそこに立ち尽くしていた。

初陣の巻

鹿之助登城

元服の式も終え、雄々しい若武者姿となった山中鹿之助幸盛が、亀井秀綱の一行とともに出雲路に入ったのは、永禄《えいろく》五年（一五六二年）の晩春の頃である。

世の中は血生臭い戦国であったが、一行の歩んでゆく道の両側には、麦が青々とした芽を吹き、空ではしきりにひばりが鳴いていた。

水の美しい富田川の橋《はし》を渡ると、遠く、行く手の山脈の裾に、白壁やいらかを日に輝かせた尼子氏の居城、月山城《がっさんじょう》が見え始めた。胸を張って、一行の先頭に立っている鹿之助に、秀綱が声を掛けた。

「鹿之助。あれがお前を待っている月山城だ。あの城にはお前の父の魂が今も住んでいる。お前がそこでどんな働きをしてくれるかを、じっと見守って下さるだろう。」

思わず足を止め、鹿之助は、はるかな城の方角に向いて、頭を下げた。

「父上。父上が忠誠を尽くされた尼子の城に、鹿之助は元気でやって参りました。御主君の為見事な働きをして、きっと父上をびっくりさせてみせます。」

心の中で、深く、鹿之助は父の霊に誓ったのである。

やがて一行は、青葉の月山の城に着いた。

主君尼子義久《よしひさ》は、一行が到着したと聞くと、待ちかねたように彼らを大広間に迎えた。鹿之助の父幸重が仕えていた晴久は先年病気で亡くなり、今は義久がその跡を継いでいた。

義久は父晴久に似て豪勇な武将であったが、秀綱に連れられてきた鹿之助を一目みると、

「なるほど、流石は幸重の遺子《いし》だけあって、思ったよりも遥かに立派な若者である。我が尼子家も、良き家臣を得たものぞ。」

と、内心の嬉しさを隠しきれぬようであった。

大広間には、鹿之助の父をよく覚えている老臣達をはじめ、中国地方一円にその名を轟かせた勇士達が、ずらりと並んでいる。秀綱に連れられて、初めて主君にお目見得した鹿之助は、若年ながら実に堂々として、あたりの人々を秘かに感嘆させたのである。

「山中鹿之助幸盛とは、なかなか強そうな名前であるの。聞けば幼年の頃より、サルやシカと遊んで育ったというが、まことか？」

義久は、目の前に畏まっている鹿之助に、頼もしげな微笑を湛えながら言葉を掛ける。鹿之助は、今日から自分の主君となった義久から、こんなに親切な言葉を掛けられて、嬉しさに胸

が熱くなった。

「はい。鹿之助は、サルやシカはもちろん、イノシシやヤマイヌとも一緒に暮しました。一日も早く強く大きくなり、父の志を継いで、御主君の為に忠義を尽くしたいと思っております。」

「ははは。そうか、そうか。」

と、義久は上機嫌で膝を叩いたが、ふと、何か思いついたらしく、

「源之介《げんのすけ》、源之介。ここへ出て参れ。」

と、振り向いて言った。

その声に応じて「はッ」と答えて、身軽に殿の前へ馳せ出てきた鹿之助と同年輩くらいの男がある。筋骨隆々として、見るからに強そうだ。義久は、鹿之助と源之介を見比べながら言った。

「どちらも、若いながら、何れ劣らぬ豪《ごう》の者に見える。――鹿之助、今呼び出した横道《よこみち》源之介は、予が近習《きんじゅう》の者であるが、お前とは同年であり、しかも同じく山の中で育っておる。今後は、何かと源之介を見習って努めるがよい。」

すると源之介は、殿に一礼したあと、くるりと鹿之助の方に向き直って、頭の先から膝のあたりまで、何遍も見上げたり、見下げたりしてから、

「鹿之助殿。サルやシカを相手にされただけあって、大層機敏な男に見受けられる。この源之

介も山の中で育った男だが、拙者はサルやシカでなく、クマと一緒に暮したものだ。この城中には、先年拙者が生け捕りにしたクマが飼われておるが、もう人の背丈ほどになっておる。サルやシカよりもクマの方がよっぽど強い。やっぱり鹿之助殿より拙者の方が先輩だな。アハハハ、どうだ。」

と言って源之介は、新参の鹿之助を、いくらかバカにしたような目で眺めた。源之介は若いながら、尼子家臣の中で武勇抜群と認められていたから、山の中からひょっこり出てきた鹿之助を、少し鍛えてやろうとする下心があったのかもしれない。

鹿之助は、内心ムッとしたが黙っていた。人中へ出たら何よりも礼儀を大切にせねばいけませぬ――という、母の言葉を思い出したのである。

ところがそのとき、隣りにいた秀綱が口を出した。

「いやいや儂の見たところ、鹿之助はクマどころかトラを相手にしても勝てる男。源之介の武勇は認めるが、鹿之助の敵ではあるまい。みだりに大言壮語《たいげんそうご》してはならぬぞ源之介。」

窘《たしな》められて引込むかと思った源之介は、今度は秀綱に向き直って、

「これは気に入らぬことを仰せられます。もしご希望なら、目の前ではっきり勝負をつけてみせましょう。」

そして源之介は、力が余ってムズムズしているらしく、しきりに腕を叩いている。

秀綱は、老臣らしく落ち着いて、義久を見て言った。

「殿。お聞き及びの如く、こうなってはシカとクマを戦わせねばなりませぬが、お許し下さりましょうや？」

すると義久は、まるでそれを待っていたもののように、

「許す。が、武器を持ってはならぬ。シカとクマの相撲じゃ、相撲じゃ。」

と、また愉快そうに笑った。

シカとクマの勝負

鹿之助は、山奥で母と暮していた間、一度も人に負けた試しがない。喧嘩をして、着物を汚して帰ってくると、母は直ぐに新しいものと取り替えてくれた。

「また、随分汚しましたね。よっぽどの大戦《いく》さですか。」

「里の子に囲まれて、仕方なく、十人ばかり泣かしてしまいました。」

「困ったことです。また私が謝りに廻らねばなりませぬ。」

でも、母はけっして鹿之助を叱りはしなかった。喧嘩一つ出来ぬような子では、将来、立派な武将にはなれぬ、と思ったからである。だがその半面、鹿之助を、ただ乱暴なだけの人間に

しないために、十分心を配って、しつけをすることは忘れなかった。

そのようにして育てられた鹿之助だから、城中で源之介に挑まれても、けっして狼狽《うろた》えも恐れもしない。

源之介もまた、子どもの頃から、誰と争っても負けたことがなかった。

勝負は、城の庭で行われることになった。

源之介は、人と争うことがよほど楽しいらしく、一番先に庭に出ると、

「少し、腕慣らしをしておこう。」

といって肌脱ぎになると、庭の隅に山と積んである薪を一本抜きとり、両端を握ると、空中でパキンと折った。次にもっと太いのを取り、「えいッ。」と気合をかけてパキンと折る。続いてもっと太いのをパキン。しまいに、直径十センチもある長い丸太をとると、頭上に差し上げ、物凄い勢いでそれを自分の頭にぶっつけて、バリッと割ってしまった。恐ろしく固い頭だ。

義久は庭の一方で床几《しょうぎ》に腰を掛け、家臣一同ずらりとぐるりに居並ぶ。

ウォーミング・アップを済ませた源之介は、如何にも自信ありげに庭の中央へ戻ってくると、

「せっかくの勝負だ。クマにも見物させてやりたいから連れてきてくれぬか。」

と、仲間の者に言った。

じきに、首に縄をつけた大きなクマが連れられてきた。クマは源之介に何度も投げられてい

るから、源之介がいると大人しい。見物の中に混じって、愛嬌のある顔をして、主人の勝負を見守っている。

秀綱が介添え役になった。

「さて、これから殿の御前において試合をする。両人とも精一杯に戦え。先に腰を落とした者が負けだ。よいな？　よし、かかれっ。」

さッと秀綱が身を引くと、固唾を呑んで見守っている人垣の中心で、鹿之助と源之介は、お互いの呼吸を計りながら身構えた。二人とも、相手がどれくらい強いかわからない。

「おう。」

「おう。」

と互いに気勢をあげ、一人が右へ動くと、相手は左へ動く。隙を狙いながら、二人は、ゆっくりと庭の中心を廻りだした。

と、どちらが先に立ちどまったのか、動きがピタと止んだ一瞬、「やーッ」と辺りを震わす叫びがあがったと見るや、鹿之助と源之介は、互いに、物凄い勢いでぶつかりあっていた。そのぶつかり方は並大抵のものでない。二人とも、一気に相手を跳ね飛ばしてやろうと思ったのだから堪らない。庭の中央で、パーッと火花が散るほどの勢いでぶつかりあったが、次の瞬間、両人とも互いに相手に跳ね飛ばされて、マリのように後ろへ吹っ飛び、だーんと後ろの人垣にぶつかって、やっと止まった。

ほとんど互角の力量なのだ。

二人はまた庭の中央で向き合った。

源之介が言った。

「勝負がつかぬ、組むぞ。」

「おーっ。」

と鹿之助も答え、だッと歩みよると、今度はがっぷりと四つに組んだ。

それからが大変だった。なにしろ双方とも互角の豪勇である。投げも投げられも出来ず、互いに満身の力を振り絞って揉みあっているが汗が滝のように流れだし、揉みに揉みあったが、一向に勝負がつかない。

十分……。二十分……。それでも決まりがつかなかったが、およそ二十分も経った頃だろうか、

「やっ。」

と鹿之助が叫ぶと同時に、源之介はその場に、ペタリと腰をついた。すると勝った鹿之助もつづいてペタリと腰をつき、二人とも、肩で息をしながら顔を見合わせていた。精根尽き果てて、最後の一瞬の、ほんの僅かな力の差で勝負がついたのである。

「見事、見事、双方よく戦った。見事であるぞ。」

義久が満足げに声を掛けた。

秀綱が歩み寄ってきて、義久に一礼し、

「殿が、双方見事であるとお褒めになった。が、勝負はシカの勝。」

と、手を鹿之助の頭上に挙げたが、その時もまだ二人は、へたばったままだったのである。

あかね雲

空は一面の夕焼であった。

あかね色に染まったいわし雲が、夏の近づくのを思わせて、地の果てにまで行儀よく並んでいる。

城の天守閣の上に登ると、出雲の国は一望の下に見下ろされた。出雲の国は野も山も美しい、城のほとりを流れる富田川は、尼子家の永遠の歴史を湛えながら流れているようだ。

天守閣には、昼間、相撲の勝負を争った、山中鹿之助と横道源之介とが立っていた。

「のう鹿之助。この美しい出雲はわれら尼子一党の故郷だ。たとえ一寸の地といえども敵の手に渡してはならぬ。しかし、悲しいかな我が尼子一党はまだ戦いの利を得ず、見よ、あのあかね雲の下あたり、洗合《あらわい》の里には毛利の軍勢が、尼子攻略の前進基地を築いているのだ。」

源之介は、悲壮な声音《こわね》で、遥かに西の方を指さした。

鹿之助は、あの相撲の後、源之介と胸を開いて語り合う仲となっていた。力の限りを出しあった勝負の後に、何とも言えぬ気分の良さが生まれたのである。

「お主は強い。えらい男だ。これで尼子も一段と強くなったな。」

源之介は、勝負の後にそう言った。大広間で言いがかりをつけた時の、思い上がった様子は少しも見えなかったのである。

「今日の勝負は、まぐれあたりだ。やはり、シカよりも、クマの方が強い。尼子には大変な男がいると思ってびっくりした。」

鹿之助が答えると、源之介はにこやかに笑って鹿之助の手をとり、

「お互いに大切な命だ。これからは助けあって尼子家の為に頑張ろう。」

と言った。豪勇の者はよく豪勇の者を知る。戦記の中で燦たる名を残す尼子十勇士のうち、最も目覚ましい働きをする鹿之助と源之介の友情は、このようにして固く結ばれたのである。

源之介は城の内部を案内しながら、天守閣へ登ってくる時に鹿之助に言った。

「殿は相撲が好きで、なかなかお強い。お主を一目見た時、この源之介とやらせたかったので、思わず呼び出されたのだ。亀井殿もそれを知っての上で勝負を仕向けられた訳だが、拙者も大

分お主に失礼な事を言って悪かった。まァ、大目に見てくれ。」

「成る程、そうだったのか。尼子にはひどく気の荒い男がいると、あの時は驚いた。」

鹿之助も、事情が分かってみると、ムキになって相撲を取ったことが、少しおかしくなってきた。

だが、今こうして天守閣の上で、油断のできない戦況を説明されてみると、ヒリヒリと胸が痛んでくる。強豪毛利元就は、尼子とは比較にならぬ大軍を擁して、虎視眈々と出雲攻略の機を狙っているのである。

「毛利は洗合《あらわい》の前進基地から、何時此処へ攻めてくるだろうか？」

と、鹿之助は聞いてみた。山奥で暮していた鹿之助は、風の便りにしか、中国の戦況を聞いていなかったのである。

「何時とも言えぬ。着々と態勢を整えているのだ。だが、我が月山城は、毛利が如何なる大軍をもってしても、決して落ちることのない堅城《けんじょう》だ。とはいえ、目下のところ尼子の勢力だけでは、逆に毛利を攻めることも容易の業ではないらしい。殿は、時を稼いで、尼子の力を更に充実しようと諮っておられる。そのため毛利を騙し、一時の講和を結ばれようとして、すでに再三毛利へ使者を送っていられる。」

「それで？　講和はまとまりそうなのだろうか。」

「いや、使者は国を出たきり皆帰ってこない。毛利は尼子を怒らせる為に使者を斬り、黙々と攻撃準備に勤しんでいるらしい。」

「毛利を攻めたいものだなあ。」

と、思わず鹿之助は溜め息をもらした。

「攻めたい。尼子一党の者は誰でも、毛利打倒の悲願に燃えて、夜も眠れぬくらいなのだ。が、戦うには有利な作戦が必要だ。軍備も大事だが、精神的に毛利を脅かすことだ。それで殿は、もし毛利との講和が捗らねば、九州の大友氏《おおともし》と組んで、毛利を挾み討ちにしようと考えておられる。」

九州の大友氏といえば、毛利の威勢を圧する大勢力である。豊後《ぶんご》にあった大友義鎮《よしやす》は、外国貿易によって豊富な財力を築き、九州の雄・菊池氏《きくちし》を攻め、秋月氏《あきづきし》を亡ぼして、肥後《ひご》、筑前《ちくぜん》、筑後《ちくご》、豊前《ぶぜん》、豊後を領有《りょうゆう》し、やがては九州全土を制するかと思われるほどの、日の出の勢いにあったのである。

従って、もし大友家と結ぶことができたなら、尼子氏にとっては、これ以上の有利な状態は望まれなかったと言えたのである。

「どうか、尼子家に武運を恵み給え。」

と、やがて鹿之助と源之介は、主家の興亡を賭けた戦雲を、真赤な夕焼雲のなかに感じながら、互いに心の中で祈ったのである。

戦機満つ

陰険な智謀に富んだ毛利元就は、巧妙な手段によって尼子一族に内乱を起させ、厄介な新宮党を亡ぼし、尼子の勢力を弱めることができたので、

「よし、機を見て一揉みに揉んで、尼子を討って出雲を我が手に収めよう。」

と、満々たる自信をもって、作戦を進めていた。

月山城の天守閣で、鹿之助と源之介が尼子家の武運を案じていた頃には、元就もまた、尼子の計画の裏をかく策謀に全力を尽くしていたのである。元就は、尼子氏がひそかに九州の大友氏と通じようとしていることを悟ると、これは一大事とばかり、自分もまた大友氏へ度々使者を送り、

「尼子の一族は、内乱により勢力日々に衰えている。遠からず毛利の大軍をもって攻め潰すつもりである。いまや尼子は風前《ふうぜん》の灯火だ。このような心細い弱勢と、九州全土を圧する大友氏とが手を結んでみたとて何の益があろう。それよりも我が毛利家と懇親を深めてくだされば、中国平定のあとに、毛利は誓って大友氏の九州攻略を支援する。」

などと、頭を絞って大友氏を説いたのである。

弱肉強食《じゃくにくきょうしょく》の戦国の世には、義理も道徳も全くなく、弱いものから先に亡ぼされてゆく。大友氏は海を隔てた九州の地から、中国山陰の形勢をうち眺め、毛利元就の侮りがたい優勢を、はっきりと見抜いたのである。

そして永禄六年（一五六三年）三月、尼子、大友、毛利の三者入り乱れた虚々実々《きょきょじつじつ》の外交交渉の果てに、ついに毛利家は、大友氏と講和を結ぶことに成功したのである。

「我がこと成れり。今や、断固として尼子を討つべし。」

と、元就は大いに張り切って、いよいよ尼子撃滅の態勢を急がせたのである。

士気ますますあがる毛利勢に引き比べ、大友氏への期待を失った尼子一族は、いよいよ悲壮な覚悟を決めねばならなくなっていた。攻めるにも守るにも、あまりに敵との兵力が違いすぎた。

「我が一騎をもって敵の十騎を倒せば、毛利ごとき、なんの恐るるところありましょうや。天下に、尼子ありと知らしめる、絶好の機会到来と心得ます。」

尼子陣では、亀井秀綱、立原久綱《たちはらひさつな》、山中鹿之助、横道源之介など、歴戦の勇士から、颯爽たる若武者に至るまで、皆口々に毛利打倒の気勢をあげる。

主君義久は、如何にも一騎当千《いっきとうせん》の強者らしい家臣の面々に囲まれると、

「毛利はいたずらに兵力の多きを誇っているが、我が尼子は固い団結を誇っている。戦の勝敗は、数の多少ではない。勝算は我れにある。我が尼子は近江源氏《おうみげんじ》の流れを汲む名門だ。田舎豪族の出に過ぎぬ元就に、今度こそ目に物見せてくれよう。」

と、内心、沸き上がってくる戦闘心を抑えかねていた。

すると、時も時、尼子勢に面白い情報が伝わってきた。元就の長子隆元が、突如として病死し、元就がひどく落胆しているという知らせであった。隆元は、吉川元春、小早川隆景らの兄弟とともに、毛利勢を支える最大の武将である。

「元就めが、泣き泣き攻めて来るぞ。」

と、尼子の武将たちは噂した。

その噂どおり元就は、永禄六年八月十二日、

「尼子を討って、隆元の弔いをせよ。」

と全軍に下知し、一万五千の大軍を率いて自ら陣頭に立ち、月山城の支城である、白鹿城《はくがじょう》をたちまちに包囲した。流石は元就である。月山城に急報が届いた頃には、元就軍の先鋒は、直でに白鹿城に達して、第一撃の火矢を盛んに射込んでいた。

鹿之助初陣

長子隆元の急死による悲憤もあったろうが、元就の白鹿城攻撃は、予想を絶するほど激しかった。白鹿城は、義久の守る月山城に次ぐ、尼子方の重要な拠点である。ここを落とせば、尼子勢は片腕を捥《も》がれたに等しくなるだろう。

「白鹿城の形勢はどうか。」

と義久は、救援の準備を急がせながら、飛んでくる伝令に尋ねる。

「全軍、盛んな意気をもって戦っております。しかし、雲霞《うんか》の如き大軍が、ひしひし城を囲み、凄まじい攻撃を繰り返しております。」

「よし。たかが毛利のうごうの衆。たちまちに蹴破ってくれよう。」

白鹿城を敵の手に渡さぬ為には、義久は直々に、月山城の全軍を率いて救援に向かいたい程だった。が、敵の別働隊が、いつこの月山城に押し寄せてくるかもしれない。油断は出来ぬ。そこで、亀山秀綱を長とする救援隊を編成し、白鹿城包囲の毛利軍の撹乱を図ったのである。

鹿之助は、その救援隊に加わることを秀綱から命じられた。

「初陣じゃぞ。鹿之助。目覚ましい働きをして、一人山に住む母上を喜ばしてあげねばならぬ。よいか。」

初めて戦いに出る喜びに、頬を紅潮させている鹿之助を、秀綱は深い慈愛の目をもって見た。

「父幸重の若い頃にそっくりじゃ。いや、父よりも、ずっと雄々しげに見える。」

戦支度に身を整えた鹿之助の姿は、確かに辺りを払う程立派だった。

「母上。いよいよ鹿之助の初陣です。今に立派な手柄の知らせで、母上をびっくりさせてあげましょう。」

鹿之助は、遠く、母の住む方へ向かって、改めて誓いの言葉を呟いた。

精鋭二千の救援隊は、意気天《いきてん》をついて月山城を出発した。白鹿城は、月山城の南五里ばかり、富田川の上流にある。

救援隊には、横道源之介も参加している。源之介は、鹿之助と馬を並べてこう言った。

「鹿之助。いよいよ待望の戦が直ぐに始まる。相撲ではお主に負けたが、敵の兜首を取るのなら、絶対にお主には負けん。どうだ。拙者に勝てる自信があるか?」

「あるとも。」

と、鹿之助は愉快そうに笑った。

五里の道は直ぐだった。

毛利の軍勢は、富田川を挾んで、ぎっしりと野を埋め、旗差物《はたさしもの》が、まるで花の咲いているように見える。風に乗って、わッ、わッと軍勢の響《どよ》もす声が聞こえる。丘を背にした白鹿城は、深く毛利の軍に呑まれている。そこではどんな戦いが行われているのだろうか。

秀綱は軍を止めていった。

「いよいよ敵に接した。我が尼子が、立つも滅ぶもこの一戦にある。よいか。毛利の軍に、尼子の強さを教え込んでやれ。」

救援隊は、攻撃の態勢に移り、粛々《しゆくしゆく》と人馬を進めた。鹿之助は、秀綱から手兵《しゆへい》二百を預かって、軍の右翼の先頭に立って進んだ。敵も名にし負う毛利勢である。月山城からの救援についても、とっくに承知していたとみえて、これを迎え討つ軍勢が、濛々たる砂埃りをあげて、こちらへ近づいてくるのだった。

鹿之助の乗った駒は、勇んでいななくと、まっしぐらに土を撒き、風を切って駆け始める。一斉に鬨の声が両軍からあがった。兜の三日月《みかづき》を日に輝かせ、長柄《ながえ》の槍を小脇にして駆け進む鹿之助の前方に、毛利の武将らしい一騎が、これも見事な武具に身を固め、槍を高く掲げながら突き進んできたのである――。

奮戦の巻

敵の武将

「――あの武将は何者？」

と、鹿之助は、風を切って飛ぶ馬上で、思わず目を凝らした。

連銭あし毛の馬に股がり、大鎧《おおよろい》に身を固めた敵の武将は、見る見るうちに迫ってくる。日に輝やく星兜《ほしかぶと》の下には、五月人形の鍾馗《しょうき》のような顔が、爛々たる目を剥いて、鹿之助を見つめていた。

初めての戦の、初めての敵だ。鹿之助の若い血は、音を立てて鳴った。

やがて、濛々たる砂煙りの中、ぐるりの草木が、大波をうってそよぐほどの鬨の声があがり、両軍は火花を散らしてぶつかりはじめた。

一気に攻め込んできた敵将は、鹿之助を、たかが尼子の弱将と侮どったのだろう、一と突きに宙へ放りあげてやろうと思ったか、名乗りも上げず、さッと繰り出したやりの穂先は、見事に鹿之助の咽喉元へひらめいてきた。

流石は戦いに慣れている毛利の武将だ。この手で、数えきれぬ程の兜首をあげてきたのに違いない。腕に満々の自信をこめた一撃だったが、意外！　何たることだ！　鹿之助が宙に放り上げられるより先に、一瞬の差で敵のひ腹を突いた鹿之助の槍が、逆に、相手を馬から跳ね落していたのである。

目にも留まらぬ早技だった。

本当ならここで、落ちた敵将は、群がり寄ってくる尼子方の雑兵《ぞうひょう》のために、あたら首級《しゅきゅう》をあげられてしまう筈だった。

ところが。驚いたことに突き落された敵の武将は、体が地に着くが早いか、まるで信じられぬような機敏《きびん》さで跳ね起き、今や駆け抜けてゆく鹿之助の馬の後足を、満身の力を込めて蹴上げていた。

余程の豪力とみえ、鹿之助の馬は、弾みに大きくよろめいて重心を失い、前足を折ってどうと横倒しになった。鹿之助は、槍を杖に、身軽く地に降り立ったが、その途端に

「勝負――ッ！」

と、後ろに、凄まじい大声があがり、敵将が、岩のような五体を、鹿之助目掛けて、だアッとぶっつけてきたのである。

それから組み打ちになった。組んずほぐれつ争いながら、鹿之助はついに、敵将を地に敷い

て馬乗りになり、腰の刀を抜いて初の首級をあげたのである。

勝負の続く間、鹿之助の馬は、高くいななきながら、そのぐるりを駆け回っていた。鹿之助は、敵将の首を小脇に抱くと、再び馬上の人となり、高々とその首を差し上げて叫んだ。

「聞け、聞けッ！　尼子の臣山中鹿之助幸盛。ただいま敵将の首を討ちとったり！」

わーッ、と、味方の陣から歓声が沸いた。

将を失った毛利勢は、その時から気力を削がれて陣を乱し始めたのである。

月に祈る

夕刻に、その日の戦闘を終ったが、尼子方は、戦いに勝ったとも負けたとも言えなかった。鹿之助をはじめ、尼子方の将兵は、散々に毛利の先陣をいためている。しかし、次から次へ、無限に兵力を繰り出すことの出来る毛利勢と、月山城からの救援隊とでは、余りにも兵力の差がつき過ぎていたからだ。

戦いに勝ちながらも、一旦尼子の救援隊は陣を引き、しばらく疲れを休めることになった。

毛利方の反撃に備えて、十分に物見の兵を置いた。

軍は、白鹿城より一里ほど離れた富田川のほとりに本陣を置き、早速にその日の戦果を調べることになったが、鹿之助のあげた首級が、実に大変な収穫だったのである。

鹿之助が本陣へ入ったとき、一つの兜首を前にして大胡座《あぐら》をかいていた横道源之介は、得々とした口調で、

「取ったぞ、取ったぞ。この首を誰と思う？　本日の毛利の先陣の総大将、小笹晴重《こざさはるしげ》じゃ。どうだ、驚いたろう。」

と、鹿之助に呼びかけ、

「ほう。お主もとったな？　それは一体誰の首だ？」と、問いかけてきた。

「誰だか、名もわからぬ。」

「なんと？　あっぱれ尼子の武将たるものが、名もなき首級をあげてくるとは——。どれ、おれが見てやろう。」

鹿之助は、首を、源之介の前に差し出した。すると、源之介はそれを一目見るなり、

「や。これは毛利の鍾馗《しようき》。」

と、びっくりした顔をして、今度はつくづくと鹿之助を見上げている。

「鍾馗とは？」

「この顔からきた渾名だ。お主は戦に日が浅いから知るまいが、この男は永禄《えいろく》初年（一五五八年）石見《いわみ》の戦いで、尼子方を散々に悩ました高畑盛次《たかばたけもりつぐ》という豪の者だ。これは大した兜首だ

ぞ。今日の先陣の総大将だ。」

「総大将はお主のとった首ではないか。」

「うん。そうか。あれはな。総大将ではなく副大将だ。」

源之介は、ちょっと弱った顔をして苦笑したが、

「ま、戦いは一度きりではない。この次にはおれが総大将を討つ。しかし鹿之助よ。お主、よくこの男を討ちとったものだなア。お主は、おれが考えていたよりも、よっぽど強い奴だ。今頃はお主の名が、毛利の陣中に鳴り響いているだろう。」

源之介は、心から鹿之助の武勲を祝ってくれたが、秀綱は更に、鹿之助の奮戦を喜んでくれた。

「儂も山の中から、いい宝物を掘り出してきたものじゃ。鹿之助。これからも、頼むぞ。頼むぞ。」

と、励ます秀綱の言葉も弾んでいた。

しかし鹿之助には、自分の武功など問題ではなく、ただ、戦いの成り行きだけが気になった。

「夜になって、もう一度攻めます。」

鹿之助は、覚悟のほどを顔に表して、キッパリと言う。

「よし。攻めて攻めて攻め抜いて、毛利勢を尼子の土地から追い落すのだ。」

老将ながら、秀綱もまた、凛々たる勇気に溢れていた。

いつの間にか、本陣のぐるりには夕靄が深く立ち込め、富田川の瀬の音が高まっている。あちこちの森で、ふくろうが鳴き始めた。毛利の軍は何を考えているのだろうか？　反撃の気配もなく、戦線は、次第に夜を深めていった。

「母上。鹿之助の初陣の手柄を、せめて夢に見て下さい。尼子家の為、これからも抜群の働きをいたします。」

流れのほとりへ出て、鹿之助は遠い母に囁やいたが、その鹿之助の差し向かう空の一方に、まるで鹿之助の兜の飾りに似た、切れるような美しい三日月が出ていた。

出陣の血祭り

その日の夜更け、月が中天に懸かるころ、鹿之助は同じく手兵二百を率いて、粛々と本陣を出発した。夜陰《やいん》に乗じ、敵の虚《きょ》を突いて攻め込むつもりである。

「兜首を争うぞ。のう、鹿之助。よいか。」

「心得た。」

「今度は負けぬぞ。わははは。」

と、出陣の際、源之介は鹿之助と語りあった。

本隊は正面を攻めることになった。鹿之助の一隊は右、源之介の一隊は左に分かれて、大きく敵の後方にまわり、闇を幸い、敵陣に大混乱を起させる戦法である。

この作戦は、見事に成功した。弱勢の尼子どもが何するものぞ、と、高を括って悠々と構えていた毛利勢は、不意を襲われて大慌てだった。しかし、毛利の陣は、まるで林のように深い。どんなに巧妙に攻めても、せいぜい前線の防備を荒らすことぐらいしか出来なかったが、それでも鹿之助は、獅子奮迅の働きをして、またも敵将の首級をあげたのである。

夜明け方に、夜討の部隊は本陣に引きあげたが、鹿之助の首級も、源之介が見せた首級も、いずれ劣らぬ立派な戦果だった。

「お互いに、よく戦ったのう。これほど戦っても、なお動揺を見せぬとは、流石は毛利の陣だ。これからの戦闘に、張り合いがあるではないか。」

互いの首級を見せ合ったとき、源之介は鹿之助にそう言ったものだった。

確かに、尼子の救援隊は、これ以上のことは鬼神《きじん》の力を持ってさえ出来ぬくらい、よく攻め、よく戦ったのである。だが、兵数の差が、お話にならぬくらい違っていては、いかに善戦しても、味方の人員は次第に、傷ついたり、倒れたりして、乏しくなって行く。

——どうすれば、白鹿城の友軍を救うことができるのだろうか？

その白鹿城は、野を尽きた遥か向こう、緑の森の中に、まるで救いを待ちかねているように、城壁を日に輝やかせて見えている——。

尼子の救援隊は、その城に住む一族の身の上に思いを馳せながら、悲痛な感慨を覚えていた。

そして、一層に燃え上がってくる、毛利への敵愾心に駆られたのである。

その日、本陣では、鹿之助をはじめ、主だった武将が集まり、秀綱を中心にして、次の攻撃についての軍議を練っていた。

するとそこへ、物見《ものみ》の兵が一人、ころがりこむようにして駆けてきた。

「申しあげます。只今、敵方の武者が一騎、やって参りました。」

「何、敵が？　たった一騎で来たと？」

「左様です。合戦の身仕度をしており、高畑盛次の弔いに、弟正次《まさつぐ》が、一騎討を望んで参った、と申しております。」

それを聞いて、軍議の席にあった一同は顔を見合わせた。正次もまた、兄に劣らぬ豪勇をもって知られている。そして、皆の視線は、鹿之助へと集まってきた。

「有難や。これでまた、兜首が一つ増えたのう。」

早速に源之介は、鹿之助に向かって、励ましの言葉を掛ける。

「出陣の血祭りに、直ちに討ち果たして参りましょう。」

今や、戦いへの自信も、すっかり身についた鹿之助は、にこやかに笑って秀綱に一礼すると、手早く身なりを整え、馬を駆って、たちまちに河原を駆け去っていった。

「それッ。見物《みもの》じゃぞ。続け、続けッ。」

と、一騎討見たさに、我れも我れもと人々は駆け出した。

——ところが。

人々が皆土手の上に出て、勝負や如何に？　と、遥か野の方を見遣った時には、もう鹿之助は、長い槍を高く天に差し上げながら、こちらへ向けて駆け始めてきたところであった。近づいてみると、小脇に、血の滴る正次の首を抱いている。

「や、や、や、や。」

と、土手にひしめいていた尼子勢は、その余りに神速果敢《じんそくかかん》な行動に、感嘆《かんたん》の目を見張って、しばらくは声も出なかった程である。

皆の目前で、馬を止めた鹿之助は、これも土手の上で満足げに、しきりに頷いている秀綱に向けて一礼し、それから小脇にした正次の首級を槍の穂に刺し、高々と掲げて、大音声に叫んでいた。

「きけ！　毛利の武将ごとき、我ら尼子の気勢をもってすれば、木ッ葉の如く、他愛なし。本日こそは、毛利の陣を突きに突き崩し、白鹿城救出の命を果たさん。」

攻防

尼子勢は、その日もまた、前日に倍する猛烈な攻撃を重ねた。両軍の射込む矢は、まるで麦の穂のように野を埋ずめた。踏みにじられた旗差物《はたさしもの》が散らばり、屍は累々として泥をかぶっている。富田川は両軍の流す血で、赤く染まる程だったのである。

再度、三度、四度――。

尼子勢の攻撃は、一旦引いたかと思うと、やがてまた津波のように押し寄せてくる。軍の気力に、少しの衰えも見えない。そしていつも、陣頭に立って、まっしぐらに攻め込んでくるのは、兜の三日月が、颯爽と風を切る鹿之助の勇姿だった。

「三日月を撃て！」

「三日月を倒せ！」

「山中鹿之助の首級をあげたる者は、この度の合戦の、最高の殊勲者とする。」

毛利の陣では、そんな言葉や命令が繰り返されるほど、鹿之助の勇名は、全軍にくまなく轟き渡ったのだ。

鹿之助の部隊は、

「御大将につづけ。」

「後れをとっては、御大将の恥。」

とばかり、ただでさえ果敢《かかん》な尼子勢の中でも、特に目立った働きを重ねていた。

戦闘の度に、鹿之助は見事な首級をあげた。鹿之助ばかりではない、尼子勢の誰もが、確かに戦いには勝っていたのである。

——が。毛利の大軍は、頑として、白鹿城への道を開かなかったのである。

それどころか、毛利軍もまた、死力を尽くして白鹿城攻略に熱中していたのである。

「月山によれば、尼子に敵なし。」

と言われた月山城に比べると、白鹿城は何分にも一つの出城である。兵力も装備も兵糧も少ない。しかも、ひしめきあった毛利の大軍が、

「まず白鹿を落せ。勝利は自ずから我が掌中に来たるべし。」

という元就の命を守り、尼子の救援隊に悩まされながらも、夜に日を継いで、白鹿城攻撃の手を緩めなかった。

いくら猛勇を誇る尼子の救援隊でも、決して不死身の人間ではない。死者も出るし、負傷者も続々と増える。本陣へ退いて休養もとらねばならぬ。ところが、数を頼む毛利勢は、休養も部隊を交代してとることも許される。そこで、

「尼子勢とて神ではない。疲れを見せたところを反撃せよ。」

という元就の下知《げち》に従い、十分に休養をとった新部隊が、次々に、今度は尼子の陣へ攻めよせてきたのである。

流石は毛利元就、彼は、中国第一の武将の名に恥じぬ作戦家だった。尼子の救援隊が、人力の限りを尽くして疲れを見せるまで、自陣が多少不利な戦況になっても、静かに時を待ったのである。

その頃から、尼子の救援隊は、ようやく苦戦に傾いていった。必死に必死を重ね、ほとんど休みなく戦い続けた救援隊は、大軍の中で、申し分のない準備を整えた毛利勢の、ひっきりなしの執拗な反撃の為に、戦いに勝ちながらも、次第にその数を減じてゆくより他はなかった。

「無念だのう、鹿之助。」

と、毛利軍を撃退する度に、源之介は自分の腕を叩いては、鹿之助に話しかけた。

「毛利軍には、更に五千の兵が届くという。一気に白鹿を揉み潰し、余勢をかって月山を攻めとるつもりらしいが、そう勝手なことをさせてたまるものか。」

「如何に我らが頑張ってみても、一人でとる首の数は知れているからなア。」

と、鹿之助も苦笑をする。流石に二人は余裕綽々として、少しの疲れも見せていないが、その眉根には何やら深い愁いの影が刻まれているようだった。

負傷者を後方へ送り、兵糧を届けさせ、頑張っていた尼子勢は、ある日、秀綱の命によって今度こそ、のるかそるかの総攻撃をかけることになった。

出撃に際し、秀綱は言った。

「今迄はまだ、尼子の尼子たる戦いはしておらぬ。が、今日こそは、最後の一兵に至るまで奮戦し、是が非でも我が白鹿城を救わねばならぬ。尼子の武名が、中国山陰を圧するか否かは、実にこれからの戦闘に掛かっているのだ。」

そして秀綱は、秘かに死を覚悟した凛々しさで、老人とも思えぬ元気で馬上の人となると、

「続け！」

と、全軍を指揮して先に立った。

草を踏みしだいて救援隊は前進した。

しかし、まだ幾らも進まぬうち、秀綱は馬を止めて、

「あッ。あれは？」

と、思わず叫んで、伸び上がった。

見よ、救援すべき月山の支城白鹿城は、ついに支えきれず敵の手に落ちたのだろうか、遠く、城壁も、館も、森の中も、濛々たる炎と煙に包まれ始めていたのである。

元就の戦法

城が落ちてしまっては、もう万策尽きたのである。天を焦がす、白鹿城の火の手を、無念の思いに堪えぬ目で振り返りながら、救援隊は月山城へ引き返すより他はなかった。

あれほど戦い、あれほどの戦果をあげたのに——と、言いしれぬ悲痛の感に胸を焼かれ、帰路を辿る救援隊は、人馬ともにうなだれていた。

勝利を喜ぶ、毛利勢の歓呼の声が、風に乗ってどこまでも、あとを追ってくるような気がした。

予定通り白鹿城を落とした毛利勢は、兵備を整えて、今度は一挙に月山城へ攻めよせてくるだろう。おそらくその勢力は、毛利の全軍を糾合《きゅうごう》した大部隊になるものとみられる。

「月山で毛利を待とう。富田川の水が枯れることがあっても、尼子の守る限り月山城の落ちることはない。毛利に再起不能の痛撃を与え、月山城の威力を天下に知らしてくれよう。」

秀綱は、軍をかえす時にそう言った。誰もが心の底でそれを信じた。救援隊ばかりではない、月山城で戦況に一喜一憂していた主君尼子義久をはじめ守備の部隊も、密かにこの月山城で毛利勢と相まみえる日の早からん事を願ったのである。

救援隊が月山城に戻ると、白鹿城を救い得なかった無力を、秀綱は義久に泣いて詫びた。救援隊の武将たちも、言葉もなく頭を下げるだけであった。

「よく戦ってくれた。刻々の情報を聞き、予はこの目で戦闘を見ていたような気がする。あれだけ戦えば、救援隊の任は十分に果たしたと言えよう。やがて元就はこの城を攻めにくるだろうが、ますます奮戦して、どうか尼子の名をあげてほしい。」

義久は、帰城した救援隊の将兵に、深くその労を労い、来たるべき大決戦に備えて、その日は士気を鼓舞《こぶ》する為の宴会を開いた。尼子の将兵は、戦う時も勇ましいが、飲んで遊ぶ時も愉快だ。彼らは酔うと、戦歌《いくさ》を歌った。

毛利の陣に日は沈み
尼子の城は朝日さす
富田の川原を吹く風は
出雲へ草木をなびかせる

と、そのような意味の歌である。義久は部下の唱和する声に乗って、自ら軍扇《ぐんせん》を開いて舞った。武運拙く白鹿城は落ちたが、ここで気を落してはならない、部下の戦意を高揚しよう——という、義久の熱と願いが、身に染みてわかるほどの、颯爽とした舞であった。

源之介は、宴会の席へクマを連れてこさせると、普段の荒武者とも思えぬ、滑稽な身振りで一同に言った。

「拙者はいつもこのクマと相撲ばかりして負かしておる。今日は一つ、こいつと一緒に、尼子のクマ踊りを御目にかけよう。」

そして、ぐるりの戦歌に和し、自分でも合の手を入れながら、クマと一緒に円を描いて面白おかしく踊った。終ると、やんやの喝采が沸いた。

「鹿之助。そちも一つ、兜首踊りでもやってみせぬか。」

と、義久は笑いながら、鹿之助に言った。

「それでは――。」

と、一礼して鹿之助は立ったが、

「兜首踊りは、いずれ元就の首級をあげましたる際に行います。本日は、鹿之助が幼時山中でサルどもより覚えましたる、枝渡りの術を御目にかけます。」

といって、身軽な出で立ちになると、庭にある松の巨木の枝へ、ひょいと跳ねあがった。それから、目まぐるしい早さで枝から枝へと飛びまわり、隣の木へ、時計の振子のように飛び移ると、今度もまた、人か、獣か、わからなくなるような、機敏な動作で枝の間を跳ねまわった。人々は、鹿之助の豪勇はよく知っていたが、これほどの身の軽さをもっていたのをみて、今更ながら感嘆した。

「なるほど、これで鹿之助が、サルやシカといかに深く馴染んで暮らしてきたかがよくわかった。」

と、義久もまた、ひどく鹿之助の技量に感心したのである。

——その夜。月山城では、早速毛利を迎え討つについての、重要な軍議が開かれた。

月山城は、天然の要害である。丘陵を利用し、両翼に堅固な砦をたくさんにこしらえ、後ろは切り立った断崖《だんがい》、前は富田川の流れが控えている。しかも毛利撃滅の悲願に燃える一騎当千の将兵を擁しているから、まことに難攻不落の構えと言えよう。

だが、部隊の装備は、幾らしてもし過ぎるということはない。それから兵糧《ひようろう》の蓄えも十二分に必要だ。敵の情報を知る為の諜者《ちようじや》も選んでおかねばならぬ。

軍議は夜更けまで続き、翌日から万全の態勢を築く為に、尼子の部隊は懸命な努力を始めたのである。

ところで、白鹿城を落した毛利元就は、一体どんな事を考えていたのだろうか？　月山城の尼子軍が、少しの暇も惜しんで防戦の準備をしている間、毛利軍は、じっと待機のまま、動く気配を見せなかったのである。

いや、直接、月山城への動きこそは見せなかったが、如何にも元就らしい、用意周到な作戦を練っていたのである。元就ほどの優れた知謀家が、意気天を突く月山城へ、いきなり攻め寄せてくる筈がなかった。手酷い打撃を受けることは、目に見えていたからだ。小数の尼子の救援隊にさえ、よくよく悩まされたではないか。

だから、元就は長期戦の覚悟を決めていた。難攻不落と称される月山城攻略を急がず、白鹿城を落したあと一先ず軍を洗合《あらわい》の陣へ引き、ここを基地として、出雲、石見、伯耆等の、尼子に力を寄せる地方の豪族を、各個撃破してゆこうと考えたのだ。

この戦法は、初めのうちは大した効果もあがらなかったが、尼子側の豪族が少しずつ毛利方に攻め落とされてゆくにつれて、月山城には、困った事情が生じ始めたのである。月山城は次第に孤立し、武器や兵糧の補給路が狭められていったのだ。

智と勇の巻

攻防の軍議

月山城は尼子氏代々の居城である。海抜六〇〇メートルの月山を中心に、円形の城壁を幾重にも築き、当時としては最も進んだ装備を持っていた。尼子氏がその全盛期に山陰、山陽十一か国を領有していた時も、今強豪毛利元就を迎えて苦戦に赴いているときも、この月山城だけは悠々たる自信を見せて、富田川の水に美しい姿を映しているのである。

月山の支城白鹿城を攻略し、意気あがった毛利軍も、月山城攻略については、全心全力を傾けねばならなかった。この作戦に毛利元就がいかに心を砕いたかは、彼が白鹿攻略の後、ますます軍を増加し、遂に三万五千の大兵力をもって、月山城の包囲を完了したことによってもわかる。

「山奥のイノシシ武者どもは、むやみに気が荒くて困る。じっくりと兵糧攻めで苛め抜いてやろう。」

と、元就は、大兵を頼みにした意地の悪い作戦に出たのである。

確かに、その作戦は功を奏した。実戦ならば、如何なる敵をも恐れぬ尼子の将兵たちも、遠巻きに巻かれて、じりじりと真綿で首を絞められるような攻められ方をされては、やりきれない。毛利の軍と戦おうにも、相手はまるで月山城を攻めにこないのだ。そのくせ、兵力の弱い月山の支城を、一つずつ、根気よく攻め続けているのである。

もしこの状態がいつまでも続いたならば、月山のぐるりの尼子の勢力は全て元就の手中に落ち、遂には月山の尼子の主力も、恐ろしい兵糧難のために参ってしまうだろう。すでに、月山城への糧道《りょうどう》はほとんど断たれ、わずかに但馬・因幡方面から海路を辿って送られてくる糧食を、尼子軍は弓が浜で受領して城中へ運搬していただけである。

その年の十一月の始め、月山城では、戦況についての、重大な軍議が開かれていた。次第に切迫してくる局面を前にして、進んで毛利を攻めるか、耐乏《たいぼう》して時節を待つかの二つに一つを決めようとする対立が、城内の空気を二分するようになっていったのは、まことに当然のことと言わなければならない。

主戦派はもちろん、山中鹿之助や横道源之介を中心とする意気盛んな若武者達が多かった。軍議の場は、主君義久を前に、右手に主戦派の武将達、左手に持久策を支持する老臣達が居並んで、事は容易に決まる気配が見えなかったのである。

鹿之助は、「毛利が月山城を攻め倦ねているのは、我が尼子の絶大な武勇を恐れているからでありましょうが、我々が月山に閉じ篭もってのみいたならば、おそらく元就は、流石の尼子勢も三万五千の大軍に怯えて手出しもできず、易々と我が術中に陥った、と申すに違いありません。これは、我々として耐える事の出来ぬ恥辱です。躊躇することなく、討って出て、戦いに戦い、毛利の心胆を寒からしめてこそ、はじめて尼子の武勇を誇る事が出来ると心得ます。」と自信をもって言った。

ぐるりから、賛成の声が湧いた。源之介はもちろん、兄の権之介《ごんのすけ》、森脇市正《もりわきいちのかみ》、立原久綱、牛尾弾正《うしおだんじょう》、秋宅庵之介《あきやいおりのすけ》など、殺されても死なないような強者がずらり並んでいる。そして、誰もが戦いへの情熱に燃える目を、爛々と輝かせていた。

これに対し、毛利の持久戦に応じようとしていたのは、河本弥兵衛《かわもとやへえ》、高尾縫之介《たかおぬいのすけ》、黒正甚兵衛《くろまさじんべえ》、桜井入道斎《さくらいにゆうどうさい》その他の老臣達が多かった。この人達も歴戦の勇士であり、皆なかなかの作戦家である。彼らは次のように述べて、鹿之助達の血気を抑えようとする。

「——鹿之助らが、進んで毛利を討とうとする、その気概《きがい》や愛すべし。だが、それこそは元就の思うつぼに嵌るというものだ。我々は元就を、いささかも恐れるものではないが、敵の優れた智謀もしっかりと認めている。元就は、我が月山の兵が、痺れを切らして討って出るのを待っている。この天然の要害を真向から攻めるよりも、その方がずっと楽だからだ。戦に逸る心は察するが、しかし、来るべき大決戦のときに毛利の軍を完膚なく叩いてこそ、真の武勇というべきではないか。」

「成る程、それは一応、もっともな御意見ですが。」

と、鹿之助も、簡単には引っこまなかった。

「我が尼子の将兵が、討って出ても、守って戦っても、敵の兵力三万五千に変りはありません。たとえ増えても、減ることはありません。一切の糧道を断たれ、囲みに囲まれた挙句の決戦が有利か、未だ曲りなりに補給の道の続いている時期に、毛利の気勢を削ってゆく事が有利か、これは誰にでも容易に解かる問題です。」

鹿之助は、切々と、毛利討つべしを説いた。が、軍議は、鹿之助達の希望通りにはまとまらずに終った。ところが、数日の後、鹿之助達の意見が、如何に重大なものであったかを証明する、大きな事件が尼子軍の上に起ったのである。

奇襲　弓が浜

月山城から弓が浜へは、富田川に沿って北へ進むこと八里、そこから更に山を越えて七里の行程である。道のりは大したことはないが、何分にも毛利軍の包囲下で、油断は出来ない。

軍議のあった後の十一月十五日に、弓が浜に糧食兵器を積み込んだ船が五十余艘着くことになっていた。その連絡によって出発したのは、進藤勘介《しんどうかんすけ》の率いる約二千の尼子軍である。尼子軍は、この補給路を何度も往復してきたが、常に警戒を怠らず、日中は山に忍んでいて、夜になって糧食などの受領に出向いて行くのである。

農民や漁師に姿を変えた連絡の兵が浜に出て船の来着を待ち、部隊は浜を見下ろす山の上で、じっと待機をしている。この頃の尼子軍にとっては、この糧食の輸送がどれほど大切であるか、計り知れないものがあったのである。

日暮れがた、山上の輸送隊の陣地の一角で、勘介は浜からの連絡兵と会った。

「船の模様は？」

「無事、来着の見込みです。」

「そうか、それでひと安心。」

と、勘介はほっとした顔になったが、すると連絡の兵が、不審げに首を傾げていった。

「申し上げたいことがございます。」

「言ってみよ。」

「本日、どういうものか、浜にも、海の上にも、カモメが一羽も見えませぬ。これは何かの異変の兆しかと考えます。」

「うむ。カモメが……」

勘介は、ふと立って、ぐるりを見廻してみた。山も、樹々を透かしてみる浜も、遠い海の上も、別段に異状はない。気味の悪いほど静かなだけだ。

しばらく考えた後、勘介は言った。

「殊更に異変があるとも思えぬが、兵数の半ばを山に残すことにする。船が着き次第、機敏に行動して引き揚げると伝えよ。」

不思議と言えば不思議に、カモメ一羽飛んでいない弓が浜は、波ばかりが何事もなげに白く砕けて渚を洗い、海は次第に暮れ始めていた。

——ところが。異変も異変、大異変が、この静かな景色のなかに、隠されていたのである。

智謀優れた毛利元就が、尼子軍の補給路について、いつまでも気付かずにいる筈がなかったのだ。元就は白鹿を落して、月山包囲の態勢に移るや否や、尼子への補給を断つための万全の準備を進めてきた。無数の間者を放って情報を探り、尼子圧迫の完璧の陣を、着々と進めることに余念がなかった。

元就は、弓が浜補給路の情報を入手した時、

「これぞ尼子の最大の急所なり。ここを押さえれば、尼子の被る痛手察するに余りあり。」

と、大いに張り切り、輸送船団の来着する時機を、今か今かと待ち侘びていたのである。

——だから、元就の、攻撃準備も凄まじかった。まず毛利軍第一の海軍の武将児玉就方《こだまなりかた》に、兵

船七百を指揮させて、弓が浜一帯の海上を、巧みに警戒させている。また粟屋元信《あわやもとのぶ》は三千五百の兵を率いて、いつでも弓が浜に討って出られる態勢を整えていたし、それよりも驚くべき事は、福原貞俊《ふくはらさだとし》の率いる三百の鉄砲隊が、十分な訓練を終えて、弓が浜を望む山地の一角に配置されていたことである。

その夜は月が明るく、尼子方の船団は、途中恙《つつが》なく浜に着いた。まさか、毛利方にこれほどの攻撃態勢がとられていようとは、夢にも知らぬ進藤勘介の輸送隊は、燈火の合図を交わしてから、糧食兵器の受け取りの為弓が浜に下った。

その時期を待ちに待っていた毛利の軍は勇躍して浜へ攻め込んできたのである。

勝敗は、戦う前から、わかっていたようなものだった。鉄砲隊の猛攻の後、海陸呼応した大攻撃に、尼子の輸送隊はたちまちに苦戦に陥った。夜の明けるまでに輸送隊は多数の死傷者を出しながらも、頑張りに頑張って、予定の十分の一ほどの糧食を山上に運びあげた。本来ならば全滅したに違いない尼子軍が、ともかく任務の一端を果し得たのは、輸送隊長の進藤勘介が、兵数の半分を、万一に備えて山上に残したからである。

いわばカモメの手柄だ。

毛利軍の攻撃と同時に、連絡兵は馬を飛ばして月山城に急報している。

「無念。元就めに虚をつかれたか!」

と、鹿之助はじめ、主戦派の武将たちは、歯を食いしばって尼子の不運を思った。直ちに手兵を率いて救援に向ったが、鹿之助たちが弓が浜に到着したときは既に戦闘は終っていた。浜には、累々たる死体がころがっている。尼子へ糧食を運んできた船団は、一隻残らず毛利の兵船の手に落ちたのである。

鹿之助とともに、弓が浜救援に出向いてきた源之介は、馬を並べながら言った。

「元就は実にずるい奴だ。勝つ戦争は仕掛けてくるが、あぶないと遠巻きにして寄りつかぬ。まるでネズミのようではないか。」

「ネズミでも、ひどく利口なネズミだ。」

鹿之介はにっこりと笑ってから、

「だが、源之介。これでわれわれも威張って毛利攻撃ができるというものだ。今度は老臣達からも苦情は出まい。我ら誓《ちか》って、この弓が浜の復讐をせねばならぬぞ。」

といって、毛利の軍勢が潜んでいるに違いないぐるりの山々へ、燃え輝く視線を投げていた。

苦戦

弓が浜の糧道の断たれた後、月山城は完全に孤立し、ますます深刻な局面を迎える事になった。もはや、攻めるとか守るとかの議論をしている場合ではなかった。

「最善を尽くして糧道を開け。」

ということが、月山城における、焦眉《しょうび》の急となったのである。弓が浜よりの輸送は、月山城にとって、最も便利な補給路だったから、このコースを回復するために、鹿之助をはじめ、源之介、立原久綱、秋宅庵之介などの若い武将たちは、懸命になって戦い続けた。

元就もまた、弓が浜確保の為に、際限もなく兵力を集中し、隙を見ては攻めよせてくる尼子軍を、圧倒的な兵力の差で押し返したのである。

鹿之助は、三日月の兜を陽に輝かせ、常に軍の先頭に立って奮戦した。戦えば必ず、幾つかの敵の首級《しゅきゅう》をあげた。毛利の軍が、鹿之助の三日月の兜を恐れたことは非情なものだったが、それでも、悲運に傾いている、尼子の大勢を持ち直させることは、どうしてもできなかったのである。

十一月の終りに、月山城の支城である福良城《ふくらじょう》が、遂に力尽きて毛利軍の手に落ちた。白鹿城攻略の時もそうだったが、元就は城内の内部へ続く地下道を掘らせ、そこから兵を送り込んで、巧妙に攻めたのである。

戦いに戦いながらも、尼子軍は次第に敗勢に赴いていったが、尼子の戦力を身に染みて覚えている元就は、それでもまだ月山城を攻めようとはせず、防備の弱い小城ばかりを根気よく攻めていた。

やがて永禄七年（一五六四年）になった。出雲の国の山々の雪が解け、木々が青い芽を吹き始めるころ、鹿之助は兵四千を預かり、弓が浜に近い泉山城《せんざんじょう》を攻撃することを、主君義久より命じられたのである。

泉山城は、毛利軍中で名の高い杉原盛重《すぎはらもりしげ》が守っている。言わば弓が浜監視の役を担っている城ともいえたのである。

「泉山城を落せば、尼子の形勢は好転しよう。弓が浜補給路の再開についても、申し分のない拠点となる。どうか、善戦してくれよ。」

と、鹿之助は出発のとき、しみじみと義久から言われたものであった。

泉山城攻撃軍の先頭に立って、鹿之助が月山城を後にしたのは、四月始めの夜の引き明けどきである。出雲の天地は春の気配に満ちていた。

「母上。鹿之助が尼子家へ仕えてから、もう丸二年になります。今は、ご覧の通り立派な武将です。尼子家はいま、戦利あらず悲運のうちにありますが、この鹿之助の生きている限り、たとえ草の根を齧っても、我が尼子家の為に全力を注いで戦い続けます。」

馬上で、遠く母に祈る鹿之助の頰を、爽やかな朝風が吹き過ぎた。尼子四千の軍勢は、粛々として富田川のほとりを泉山城へ向った。

古来、戦いは時の運と言われている。立派な武将、優れた兵士、盛んな戦闘心に恵まれていても、天運に恵まれぬ限り、容易に戦いに勝ち進むことができない。例えば尼子氏にしても、山陰・山陽・中国十数か国で、これほど忠勇な将士に恵まれていた者も珍しいだろう。しかし、尼子氏には、まだ天の運が味方してくれなかったのだろうか。

泉山城攻撃に向った鹿之助の一隊は、勇戦奮闘、しばしば城門を越えて攻め入りながらも、守将杉原盛重また力戦に力戦を重ねて、必死に鹿之助の軍を押し返した。それに、泉山城の攻撃が始まるや否や近くの海上にいた毛利の軍船までが加勢に集まってくる。日に日に敵は増える一方であり、城を攻めながらも、残る三方の敵と戦い続けねばならなかった尼子軍は、如何に善戦しても到底及ばず、鹿之助は再び泉山城攻撃の日を誓って、軍をまとめて月山城へ引き返したのである。

「鹿之助、泉山城を攻めて敗退す。」

と、毛利軍は大いに気を良くしたが、それでもまだ、月山城を攻めに来ようとはしなかった。

鹿之助は月山城へ帰った後、泉山城を落せなかったことを、主君義久に詫びたがその後、労を労ってくれる気の合った源之介やその他の若い武将たちを前にして、

「泉山城は決して難攻不落ではないとみた。が、一旦奪っても、毛利の大軍の為にアリの這いでる隙もなく囲まれるは必定。」

と言って、それから言葉を改め、

「戦いの最中《さなか》に、敵の部将を生け捕って聞いた事だが、元就は明年必ず月山城を攻めにくる。先年死んだ隆元の遺子幸鶴丸《こうかくまる》の元服を待ち、一族打ち揃って尼子を総攻撃しようとする考えだ。いよいよ決戦の時期は目に見えてきた。例え糧道を断たれていようとも、大いに気力を養って、その時こそ存分の働きをしようではないか。」

といって、静かに一同を見渡したのである。

毛利との決戦の機がしっかりと見抜けた為、月山城を努めて有利な態勢におきたい考えもあって、鹿之助は泉山城攻撃に無謀な深入りはしなかったのである。

月山城総攻撃

孤立した月山城にあって、鹿之助はあらゆる装備を調えるために努力した。一番大事なことは、将兵達の一致団結である。

鹿之助は、仲間や、部下を集めてこう言った。

「尼子の軍は、ここ数年の難苦によって、鉄よりも固く鍛えられた。その上、毛利の大軍のお蔭で、我々は一層強く団結することが出来ている。しかも度重なる戦闘で、将も兵も甚だ戦いがうまくなっている。我らは戦いに戦い、今後たとえ如何なる悲運に巡り合おうとも、あくまでも天運を信じて、最後の勝利を掴まねばならぬ。」

鹿之助の言葉を待つまでもなく、尼子全軍の上に、毛利を待ちかまえる勇壮な気迫が漲っていった。

毛利はもうすぐ攻めてくるぞ、と、城中の兵達は、常に語り合い、励ましあった。

明けて永祿八年。正月の十六日に、隆元の遺子幸鶴丸は、元服して名を輝元《てるもと》といった。元就は輝元に初陣の功をさせてやりたく出雲に招いた。三月、輝元は洗合の陣に到着した。この時吉川元春の長子元資《もとすけ》も一緒にやってきたので、毛利の一族はほとんど出雲に集まる事になったのである。

「今や、我が毛利家の最上の時。」

と、元就は大いに気を良くして、いよいよ尼子総攻撃に着手した。まず洗合の陣を星上山《ほしがみやま》に移し、四月十八日、月山城へ向けて必勝の軍を進めたのである。

この時の元就の軍は、実に三万五千を越えていた。

月山城を攻めるには、三方面から向わねばならなかったので、正面にあたる御子森口《みこもり》には元就自身が向い、福原貞俊《ふくはらさだとし》、粟屋元真《もとさだ》、志道元保《しどうもとやす》などの歴戦の武将のほかに、約二百の鉄砲隊が加わっていた。鉄砲隊といっても、この頃のものはいちいち銃口から火薬を詰める最も古い形式のものだから、乱戦のときは、大した役はなさなかったものである。

吉川元春、及び元資の一隊は塩谷口《しおたにぐち》に向った。熊谷信直《くまがやのぶなお》、熊谷高直《たかなお》などがこれに従っている。もう一方の菅谷口《すがたにぐち》へは、小早川隆景が向い、杉原盛重、南条宗勝《なんじょうむねかつ》などが従った。

これに対して、尼子の兵力は、三分の一にも満たなかった。けれども待ちに待った毛利の大軍を、月山城から遥かに見渡した時、尼子将兵の血は沸き立った。

「今こそ、尼子の威力を見せようぞ。」

「白鹿の仇、弓が浜の恨みに報いるの時だ。」

と勇躍して、主君義久は元就の攻めよせてくる御子森口に向い、義久の弟倫久《のりひさ》は、鹿之助、立原久綱、横道兄弟らとともに、塩谷口へ、同じく義久の弟秀久《ひでひさ》は、亀井秀綱、河本彌兵衛《かわもとやへえ》、森脇市正らとともに菅谷口の防戦に向った。

元就は、月山城の糧道を断って以来、城兵の士気は、頓《とみ》に衰ろえているのではないかと思っていた。少くとも相当に戦力は弱まっている筈と予想したのである。そこを三万五千に余る大軍で攻めれば、あるいは一揉みに揉んで落せるかもしれない、と、勝ちに乗じた楽観的な見方も多少はあったと思われる。

ところが、いざ攻めてみて、尼子軍の意外な強さに驚いたのである。兵力の相違など問題ではなかった。

尼子義久を陣頭に立てた一隊は、群がる毛利軍を蹴散らしながら、一気に元就の近くまで攻め込んできている。乱戦の中にも、尼子の軍にはよく訓練された統率があり、一隊は一隊と巧みに呼応しあって、毛利軍の弱身を狙っては突っ込んでくる。

なかでも、山中鹿之助の奮戦はものすごく、吉川元春は鹿之助の一隊に突っ込まれて、危うく命を落とそうとする目に遭ったりした。

「強い、強い。驚くべき尼子の戦力。」

と、元就は、軍を指揮しながらも、しばしば思ったのである。

その日の戦闘は、ほとんど無勝負に終った。尼子軍はよく守り、毛利の大兵を物ともせず戦って、一歩も月山城の土を踏ませなかったからである。

粘り強く、大勢を見極める才のある元就は、その日のうちに、全軍を星上山へ引きあげさせてしまった。目下の尼子軍の強さでは、到底無理な攻め方はできぬと悟ったからである。

月山城から見下ろせる盆地を、毛利の大軍は、攻撃を諦めて帰っていったのだが、それを見送りながら、尼子将兵の気勢は、一層に盛りあがった。

「元就が逃げて行くぞ。」

「尼子の強さを思い知ったか。」

と、彼らは口々に叫んだ。

矢文

月山城総攻撃は失敗に終ったが、元就は密かに期するところがあるとみえて、その後は洗合の本陣に落ちついていた。しかし毛利軍の一部は、月山城を遠く囲んで京羅木《きょうらぎ》、滝山《たきやま》、石原山《いしはらやま》などに分散配置されいつでも戦える態勢にあった。

月山城は、相変わらず糧食の補給に苦しんだが、将兵は皆、

「元就は、月山の力の弱まるのを待って、再びやってくるに違いない。」

と、互いに互いを励まし合うことを忘れなかったのである。

翌、永祿八年九月、元就は一族諸将を従えて本陣を洗合から滝山へ移し、再び月山城攻撃の火蓋を切ったのである。元就はその月の初めに、尼子の有力な支城である大江城《おおえじょう》を落したので、今度こそは月山攻略に、勝機を掴めるかもしれぬ、と思ったのかもしれない。

しかし、結果は、前の攻撃の時と全く同じことだった。同じように攻め、同じように防がれて、一歩も月山城へは踏み込めなかったのである。尼子の戦力は、少しも衰えていない。どう考えても弱っていなければならぬはずが、予想外に強いのだ。

「しばらく対陣して、様子を探ることにしよう。」

と元就は心を決め、今度は思いきりよく軍を返したりせずに、富田川を隔てて月山と差し向かい、時々攻撃隊を繰り出して城兵と渡り合わした。が、依然として、尼子の気迫には、少しの緩みもなかったのである。

そうしたある日、月山城へ、毛利の陣から一通の矢文《やぶみ》が射込まれた。開いてみると、次のように認《したた》めてある。

『月山城の防備がことのほか見事なのは、将兵ともに抜群の勇士が揃っているからであろう。なかでも山中鹿之助幸盛殿は、殊更に武勇の聞こえ高く、未だ曽《かつ》て敵に引けを取ったことがないという。かかる天晴な武将と、一騎討ちをやることが許されればまことに光栄と思い、ここに矢文をもって決戦の申し込みをする次第である。ご承知のときは、明早朝、富田川の川中島へお出向き願いたい。

毛利軍中第一の武者
品川狼之介勝盛《しながわおおかみのすけかつもり》』

「何だこれは。弱い奴に限って、人をバカにした振る舞いをする。」

と、鹿之助の横からさし覗いていた横道源之介が言った。狼之介勝盛とは、オオカミが、シカに勝つという意味を、捩《もじ》って付けた名であろう。

「何時ぞやはこの城で、シカとクマが相撲をとったが、今度はシカとオオカミだ。さて、どちらが勝つか面白いぞ。承知したと返書を出せ。」

と、鹿之助は言った。

狼之介勝盛とは仮の名、まことは品川大膳介《しながわだいぜんのすけ》という毛利軍中指折りの荒武者である。元就はこの男をして鹿之助を討たせ、尼子の気勢に、大きなヒビを入れてやろうと、企んでいたのである。

落城の巻

一騎討ち

月山城の総攻撃がまたもや失敗に終ると、毛利元就も何か心に決する事があったとみえ、今度は軍を返したりはしなかった。

富田川を隔てて、月山と差し向かいに陣を取り、時折思い出したように攻撃隊を繰り出しては、尼子の城兵と渡り合わせた。

長期対戦の構えである。月山城の飢えを待つより方法がなかった。

しかし、安芸から馳せ参じた元就の三男、小早川隆景は、月山城の戦闘主力になっている尼子十勇士、とくに山中鹿之助を討ち取ることを考えていた。

鹿之助の知と勇に挑んでゆける荒武者を、毛利軍三万五千人の中から選り出し、褒賞は望みにまかせると触れを出したのである。

だが、長い歳月の間に、鹿之助の怪力無双《かいりきむそう》は敵にも味方にも知れ渡っている。誰一人、一騎討ちを志願する者はなかった。

雲州鰐淵山《うんしゅうわにぶち》の、弁慶が育った跡へ生まれ、鹿之助は一月で母の乳を飲むことをやめ、二月で歩み、八歳で戦に出て敵を討ったという話はあまりにも有名すぎた。

身の丈は六尺七寸、十人力の鹿之助を弁慶の生まれ変わりとさえ言ったくらいである。ことし二十二歳にして、既に五十六回の合戦に出馬し、槍合わせに只の一度も後れをとったことがなかった。鬼神のようだと敵は近寄ることさえ恐れている。

石州《せきしゅう》の品川大膳介半平《はんべい》と名乗る男が、

「某が、必ず鹿之助を討ち取ってお目に掛けまする。」

と大音声で、小早川隆景の前へ進み出た。

身の丈は七尺たっぷり、雲を突くような偉丈夫《いじょうふ》で、棕櫚《しゅろ》とも見まごうばかりの荒い髭を生やし、腰に六尺の太刀を差している。

隆景はその形相をつくづくと眺めていたが、にっこりと笑い、

「そちなら、必ず鹿を討つであろうよ。」

と、満足な面持である。

その場で直ちに、大膳介半平に狼之介勝盛という名を与えたほど、隆景は上機嫌であった。狼之介勝盛に必ず鹿之助幸盛を討たせ、尼子の気勢を削がなければならない。そこで品川狼之介勝盛が、毛利軍中第一の武者と名乗って月山城中の鹿之介へ、挑戦の矢文を飛ばしたので

ある。

明くる朝、富田川の両岸に見物人が続々と詰めかけた。長陣に退屈した両軍の将兵達は狼之介と鹿之介の一騎討ちに血を沸かし、定刻前に川原はいっぱいになった。

鹿之助は、兜の前立に銀の三日月を打ち、銀の草摺《くさずり》を腰に当てて馬に跨り、城を出て来る姿は遠目にも凛々しい武者振りであった。

叔父の立原源太兵衛《げんたべえ》久綱を立会人とし、横道源之介が着き添った。

これに対して毛利方は、小早川隆景が立会い、狼之介の介添は永祿八年の合戦に鹿之助の率いる一隊に突っ込まれて、危うく一命を助かった吉川元春が立った。

狼之介は、川原の牀几《しょうぎ》に腰を下ろし、定刻より早く、自慢の六尺太刀を抜いて鹿之助の現われるのを待っていた。

鹿之助は馬を下りて一礼すると、槍を引っ下げて狼之介の前へ進み出た。

見物人の両軍は固唾を呑んで二人の武者を見守った。

半刻（一時間）近い時刻が流れ、狼之介の大太刀は鹿之助の向こう脛を払い、さっと噴いた血飛沫に毛利軍の喝采があがった。しかし、見物人のどよめきにもかかわらず、鹿之助は少しも怯まなかった。狼之介の心に生ずる驕りの隙を狙っていたのだ。

狼之介の草摺が上がったと思うと一刺、二刺と鋭い突き、遂に薙ぎ倒されて、太刀を捨てた狼之介は鹿之助に組み伏せられてしまった。

右の小びんに受けた傷が深く、流れ出る血潮が、狼之介の目を潰したのだ。

太刀を捨てれば勝てると自信を持った狼之介が、鹿之助の力に負けて、遂に首をはねられ、悪鬼《あっき》のような形相で、終日富田川原に晒された。

投降

鹿之助を討つことを諦めた毛利軍は、新たに打つべき手をいろいろ考え巡らさなければならない。長期戦に一番怖れることは退屈である。商人を集め、陣屋の廻りに店を開かせた。芸人の群れを呼んで将兵の無聊《ぶりょう》を慰めた。美しく着飾った女達もちらほら夏の川原に姿を見せるようになり、夜の更けるまで将兵と戯れた。

一方、月山城に注ぐ目は厳しく、対岸の笑いさざめきが、四年も支えた孤城に篭もる城兵の飢えを心許なくさせるのを計算に入れている。

投降は許さず、見張りは更に厳重になった。

城内の食糧を尽きさせる為には、一人の逃亡兵も見逃がしてはならなかった。

秋になった。

月山城の食糧はいよいよ尽きた様子である。食糧が尽きたとなれば、見張りの必要はないのだ。

投降する者は全て命を助け、身柄を自由にさせると、月山城の城門近くへ、高々と制札《せいさつ》を掲げた。

飢えに耐えかねた尼子の城兵は、日に日に投降する者の数を増した。投降を取り締まる番兵まで城を捨てて脱け出した。

餓死に襲われながら、最後まで踏み止まったのは、僅かに百八十人に過ぎず、最初に立て籠った二万人が、二百人にも満たぬ人数となってしまった今、主だった将兵を数え上げれば、主君の尼子四郎義久、弟の倫久、秀久のほかには、家老河副《かわぞえ》美作守《みまさかのかみ》、中老《ちゅうろう》高尾縫之介、森脇市正、立原源太兵衛久綱、山中鹿之助幸盛、大西十兵衛《おおにしじゅうべえ》、津森宗兵衛《つもりそうべえ》、秋宅庵之介《あきやいおりのすけ》、三刀屋蔵人《みとやくらんど》、横道源之介兄弟、戦に傷つき命を失った者、餓死と病に倒れた者も少なくなかった。が、飢えに耐えかねて逃亡した兵の数が一番多く、毛利方の作戦が成功であった。

最早、城を守るにも守りようがなかった。

永禄九年十一月十九日、月山城にちらちら降り出した雪を眺めながら、城主尼子義久は弟二人とともに城を下る決心を固くした。

永禄三年に月山城に立て籠ってから満七年になり、永禄五年に毛利元就が洗合に陣取った時から数えても、五年の月日が流れたのである。

十一月二十八日に城は明け渡されることになり、城主兄弟は一先ず出雲の杵築《きづき》へ送られることになった。

父祖三代、八十年に亘って住み慣れた月山城を出る日、雪は一層激しく降り、思い出を埋めて辺り一面、真白くなるまで積もった。

七十人ばかりの将兵が、城主の兄弟に従って城を出た。

小早川隆景と吉川元春が、一千の従兵を引き連れて、一行の前後を警固した。

行列は月山を下だり、富田川を渡った。尼子義久に従った将兵の中には尼子の十勇士と呼ばれた秋宅庵之介、横道兵庫之介《よこみちひょうごのすけ》、早川鮎之介《はやかわあゆのすけ》、尤道理之介《もっともどうりのすけ》、寺本生死之介《てらもとせいしのすけ》、植田早稲之介《うえだわせのすけ》、深田泥之介《ふかだどろのすけ》、藪中荊之介《やぶなかけいのすけ》、小倉鼠之介《おぐらねずみのすけ》、そして山中鹿之助ももちろん加わっていた。

この年の春、富田川川原に品川狼之介を倒したのは、昨日の事のように思い出される。その川原を鹿之助も、今は敗残の将として重い足を引きずった。

時折り振り返っては月山城に名残を惜しみ、十人の若武者は肩を並べて悄然《しょうぜん》と行く。声を出す者もなかった。

城が全く孤立してからもなお三年、耐えに耐えた苦労が虚しく、城を明け渡す結果となってしまったのだ。

同じ敗れるなら、潔く、城を枕に討ち死にすべきではなかったろうか——万感交々《こもごも》城を去りゆく将兵達の胸を塞ぎ、無念の涙が瞼を塞ぐ。行く手を暗くした。

雪は寒々と尚も小止みなく降り積もり、一行の心を悩ます。

声高に、胸を張って通り過ぎるのは、毛利軍の兵卒である。城下町の人々は、表戸を固く閉ざし、ひっそりと音も立てず、涙の中に尼子の一行を見送るのだった。

思えばその昔、尼子の手先に過ぎなかった毛利元就に、悲運を握られた城主義久は二十八歳、倫久はやっと二十になったばかりである。三男の秀久はまだ元服を済ませたばかりの少年であった。

馬も召されず、徒歩でゆく君主たちの肩に、みるみる雪が積もった。

悲運

元就は、尼子三兄弟を殺さずに安芸へ送って僧侶にするつもりであった。昔、尼子の手先となって奔走《ほんそう》したころの恩義を忘れていない、尼子兄弟へ対する慈悲心からだという。

敗れた若い義久は、毛利の慈悲も情も欲してはいなかった。人の心の表裏も掴めず、ずるさに長けた元就の駆け引きも知らず、思うままに突き回された自分が、今となっては月山城とともにその悲運を捨て切れなかったことだけが、杵築に来て初めてひしひしと悔やまれた。

毛利軍はわざわざ杵築の大社へ寄り道して、戦勝の喜びを報告するのだという。負けた尼子の軍は何の面目があって、尾羽打ち枯らして社殿へ額突《ぬかず》くのであろう。大社の拝殿は今から四十七年前、義久の曽祖父の経久《つねひさ》が子孫の隆盛を願って建立したものである。

経久は弟の久幸とともに、流浪の中から身を起し、辛苦万難《しんくばんなん》の末に尼子家を興した。そして、大社の拝殿ばかりか本殿の修築にも力を尽くし、社領も寄進した。

そのような祖父の栄光を裏切り、八州の太守《たいしゅ》の地位も失った自分の姿の惨めさに、人知れず新たな涙が義久の頰を転がり落ちる。

義久の父の晴久は、手先に過ぎぬ安芸の毛利元就に謀られるとも知らず、経久の子、自分にとっては叔父である尼子国久を滅したのであった。尼子が傾く原因となったようなものである。

そして、その子の義久も同じ手に乗せられて、宇山飛彈守久兼《うやまひだのかみひさかね》親子を殺した。月山城の落ちる原因となった。

月山城が、毛利元就の軍に包囲されながら、三年間も持ちこたえられたというのは、全く宇山久兼の政治力にあったのであって、但馬、丹後、若狭までも久兼の手は伸び、密かに兵糧の道をつけてあった。

元就は必死になってその秘密を探り出し、糧道《りょうどう》を断つことに成功すると同時に、宇山飛彈守は毛利方へ内通しているのだと流言《るげん》したのだ。

元就が望んだとおり、久兼親子を義久の手で殺すことができた。それが元就の計略と気づいたときは、後の祭りであり、我が手足を椀ぎ取るように重臣を失ったのである。

物々しい毛利方の警固の中に一夜を明かした尼子義久とその家臣は、ゆかりの大社で名残尽きぬ別離の宴を張った。

義久兄弟は、今はここから毛利方の手で安芸へ送られるのである。杵築から出雲街道を、今市に下って三刀屋《みとや》、多根《たね》、入間《いるま》、吹が峠を越えて赤名《あかな》に出、赤名峠を越せば三次《みよし》に入る。

備後十日市を過ぎて、一旦安芸の吉田に入り、そこから南に少し下った長田《おさだ》の円明寺《えんみようじ》に義久兄弟の配所が当てられてあった。山また山、安芸の吉田も長田も、出雲にまして雪の深い所である。そこへ入れば、外との接触は一切なくなるのだ。

僧籍に入ると言っても、元就に抜かりがある筈はない。骨を埋める為の幽閉であるとみなければならなかった。

敵国の囚人であるから、一歩も外へ出ることは出来ず、外から人を近づけることも出来ぬ掟がこれから三人の兄弟を縛るのだ。

義久に随行を許された家臣は、大西十兵衛《おおにしじゅうべえ》、多賀勘兵衛《たがかんべえ》、津森四郎次郎《つもりしろうじろう》の三人である。もちろん毛利方の名指しであり、義久兄弟につけて置いても、少しも気遣いのない老人ばかりであった。

因縁というのであろうか、元就の計らいであろうか、この三人の重臣は、かつては晴久の命令で、尼子国久ならびに、その子の誠久まで殺した人達であり、永禄九年の正月には、義久の命令で功臣宇山久兼父子を手にかけた人達であった。

尼子滅亡の為に働き、滅亡する尼子と老の命をともにする人達である。

義久の夫人でさえここで夫と引き離されることになっていた。

血気盛んな尼子の十勇士など、地に額を擦り付け、懇願してみたところで許される筈はなく、涙を呑んで主君を配所に送らねばならぬのだ。

情ある毛利方のあしらいも、噛みしめてみれば、見事なほど冷酷なもので、一夜泣き明かした夫人は、丈なす黒髪を根からぷっつりと切って、義久に捧げた。夫とは再び見《まみ》えることのない運命のように思われたからである。

夫人は尼になる決心であった。

京極氏《きょうごくし》から迎えたこの夫人は、この年、二十一歳で子はなく、玉のように美しい顔をしていた。

夫人は泣き疲れ、今は少し頰《ほお》えんで居並んだ家臣を優しく見守っている。痛々しくやつれてはいるが、悟り切った表情は菩薩のように皆の目に映った。

別離の宴

出発の時刻は迫っているのに、雪は昨夜から少しも降り止まず、大社の大広間は七十人の主従を入れて尚冷え冷えとしている。

義久は一人一人に杯を差し出し、酒を注いで長い間の労苦を心から感謝した。

毛利の軍兵が周囲を固め、厳しい見張りを続けているので、誰も言葉もなく、杯を押し頂いては床に平伏して泣くばかりであった。

順を追って、鹿之助も義久の前へ膝を進めた。

義久、倫久、秀久の座の後ろに随従《ずいじゅう》の人選を受けた三人が控えている。

義久から杯を受けた鹿之助は「山中鹿之助、御杯を有難く頂戴仕《つかまつ》ります。」と、大きな声で挨拶した。その声があまり大きかったので、一同はびっくりと面をあげ、物見の毛利方の軍兵は、何事かと広間を覗き込んだが、鹿之助は頓着するふうもなかった。

杯を頂き終ると、両手を突き、大きな目をかっと見開いて義久公の顔をじいっと見守り、そ

の声は幾らか涙で湿ったが、

「御屋形様は日頃から御病弱であられますゆえ、御配所へ参られましても、何卒御身を大事に遊ばしますよう、また倫久公も秀久公も御若くていらせられます。くれぐれも御自愛下さいまして、御励み合い下さい。鹿之助も一同とともに、朝夕にきっと陰ながら御祈り申し上げます――。」

と、せきあぐる思いを短い言葉の中に込めた。生色《せいしょく》を失った義久の青冷めた頬を、熱い涙が走った。何か言おうとして唇を動かしたが、声にならなかった。

皆も堪り兼ねて啜り泣きを漏らしている。義久はやっと涙を呑み込むと感謝の溢れる眼差しで「長い籠城にも変わることのなかったそち達の志を、義久兄弟は終生、忘れはせぬ。鹿之助、礼を申します。皆もどうか達者で暮らすように……。」

と、語尾はまた涙で聞きとれない。

皆声もなく酒を酌み交わし、涙の中に宴は終った。

義久も初めて家臣の真情にふれ、人間らしい気持になったのであろう。幾度も涙を拭っていたが、毛利の軍兵に出発の時刻を促されると、潔よく立ち上がった。

三人の兄弟は馬に乗り、降りしきる雪の中に両手を突いて見送る尼子の家臣を振り返り、振り返り、その影は黒く、小さく、出雲街道を松並木の中へ消えて行った。

隠岐の島の巻

四散

尼子滅亡の後、浪人となった若い武将山中鹿之助に生きる道はいくつかあった筈である。仕官の道を求めれば花々しく、身の栄達も望みのままとなった戦乱の世である。土着して百姓になっても平和な余世が送れた筈だ。だが鹿之助は故郷出雲の回復と、尼子の再興を望み、忠義一筋に主君の無念を晴したかった。

山陰の豪族、尼子を亡ぼして、今や中国第一の大名にのし上がった毛利に、それではどうすれば喰いつくことができるのだろう。

道はただ一つ、毛利が他の大名と戦う隙を狙うのだ。

機会の巡るのをじっと待つより仕方がない。

杵築の大社で七十人の同志と袂を分かった鹿之助は、一先ず叔父の立原久綱について京へ上った。

立原久綱は京の山科《やましな》に住まいを構えると、ここを同志の連絡の場所とした。そして鹿之助は、間もなくそこから旅へ出た。

北陸から甲州、関東と諸国を巡り歩いて、若い鹿之助は兵法を学び、体を鍛え、諸国の状勢を調べ歩いていた。

山科の久綱は、その間密かに安芸へ手を廻し、長田の円明寺へ幽閉された尼子義久兄弟を救い出すことに苦心したが、報いられなかった。

長田は、安芸の毛利の本拠、吉田城に近いので、警固の手配が一層厳重で、配所の廻りには二重にも三重にも矢来垣《やらいがき》が巡らされ、近づくことも出来ない有様だった。

久綱は根気よく狙った。

物売り、巡礼、乞食の類《たぐい》にまで身をやつさせて探索の者を出したが、誰一人戻った者はなかった。皆殺された。常に衛士が数十人、昼夜の別なく警戒に当っているので、探索は無駄に終り、三度、年が改まった。

一歩も外出を許されない義久兄弟の救出は不可能な事だけが分ったのであるが、久綱は絶望しなかった。

尼子一族の根絶やしに張り巡らした毛利元就の網の目を巧みにくぐり抜けたもう一人の、尼子の名跡を継ぐにたる血筋が、どこかで生きていることを久綱が知っていたからだ。

尼子を興して、天文十年に八十歳の高齢で亡くなった経久には、三人の子どもがあった。

永承《えいしょう》十五年に戦死した政久《まさひさ》が長子で、新宮谷《しんぐうだに》の館で、新宮党《しんぐうとう》と呼ばれた紀伊守国久が次男である。

国久は威武《いぶ》備わった人格者で、撃つところ必ず破ると言われ、世にこれを称して新宮党と言われるようになったのであるが、経久の中興の覇業も次男国久の武功によるところが多かった上に、政久の戦死後は、尼子の柱となって働いた人である。

この新宮党が尼子の強力な心棒となっている限り、毛利方では手が出せないので、元就は、まずこの国久と、政久の子の晴久との間を裂こうとした。

祖父亡き後晴久は、毛利に乗せられるとも知らず、紀伊殿の子らは、御屋形を凌ぐとの世評が出だすと、何よりも不満に思うのだった。

紀伊殿は毛利と心を合せ、新宮党で出雲を押えるようになる噂が耳に入ると不安に怯え、新宮谷の一族を恐れ、憎むようにさえなった。毛利の思うつぼであった。

例年の習わしで、歳末の重臣会議が本丸において開かれる。この会議には、尼子の一族が残らず列席するのである。新宮谷の、国久、誠久親子も登城する。

天文《てんぶん》二十三年十一月。

重臣会議に登城した国久、誠久の親子を、晴久は手掛けてしまったのだ。そのことが尼子の家運の傾く素因となったことは言うまでもない。

新宮谷の館は焼かれ、国久一族はことごとく討ち死し果てた。

まだ幼い誠久の五人の子ども等にまで自刃を余儀なくさせたのであるが、新宮谷の館が焼け落ちる際に、まだ乳呑み児であった末の助四郎《すけしろう》が只一人、乳母の懐ろに抱かれたままどこへともなく姿を消してしまっていた。

生きていれば、長田の円明寺へ、兄義久とともに幽閉された秀久と同じ年頃である。

晴久と国久は、叔父と甥の間柄だけではなく、晴久の夫人は、国久の娘であり、誠久の妹にあたる。義久兄弟と助四郎は、父方においても母方においても、最も血の濃いいとこ同士になるわけであった。

久綱は尼子再興のために毛利の目をくぐり、なんとしてもその助四郎を探し出さなければならなかった。

東福寺の稚児

足利義昭《あしかがよしあき》を将軍に奉じ、京へ入った織田信長は、東福寺《とうふくじ》に居を定めた。

東福寺は禅院五山の一に数えられ、京都でも指折りの寺である。

信長に仕える稚児（給仕の少年）達の中に、一際目立って美しい少年がいた。

その美しい稚児は、朝夕信長の食事へ給仕に出るだけであるが、色が白く、他の稚児のようにあまり化粧もしていないのに、女のように美しい肌をして、目鼻立ちも優しく、手足もすんなりしていた。

信長は美しい女よりも美しい少年を眺めるのを好んだくらいの人であるから、当然この稚児が目に留まらぬわけはない。

なんとなく話がしたくなり、

「そちの名は？」

と、たずねた。

稚児はためらわず、面を上げて信長の顔を仰ぎ、

「尼子国久の孫でございます。」

と答えた。

「何、尼子国久――」

信長は鷹のように鋭い目でじっと稚児の濁りない目の中を見ていたが、

「そうか。」

と深く頷いた。

山陰の豪族、尼子一門の国久が新宮谷に攻め亡ぼされたことは信長も知っていた。

る。

「そちは誰に助けられたのじゃ。」

「はい。兵火の中から、乳母に抱かれて逃れ出ました。」

名乗らずに、尼子国久の孫と答えた真意を、どうやら信長は汲み取ってくれたように思われる。

優しい目で労われると、まるで白粉《おしろい》をつけた女のように美しい稚児の面にはみるみる喜びの色があふれ出た。

国久につかえた知和正人《ちわまさんど》の妻は野菊《のぎく》と言って、備後三良坂《みらさか》の宮司の娘である。一女を産むと間もなく誠久の末の子、助四郎の乳母として、天文二十二年に新宮谷の館へ召し抱えられた。二十《はたち》の野菊の体は健康で、助四郎が飲みきれないくらい乳はよく出た。

翌二十三年の、新宮谷の変に、助四郎を抱き、夫に導かれた野菊は白い布にすっぽりと若君を隠して裏山伝いに備後へ落ち延びたが、引き返した夫の知和正人は館と運命をともにしてしまった。

「咎められたら、我が子と偽わって無事に落ち延びよ。」

と、別れに夫の言った言葉が、いつまでも野菊の耳元に残った。

出雲本社を守る野菊の父は、七面山の裏裾の百姓家に娘を隠した。安芸の吉田にほど近かい三良坂で育ちながら、少しも毛利に知られなかったのは野菊の父の命掛けの庇護があったからである。

国久亡き後、毛利は早速に石見を切り取り、出雲へ攻めて来た。

戦いの駆け引きに疎い晴久は、父祖代々のよい家来をたくさん持っても、存分に駆使するほどの器量もなく、尼子の勢力は急激に衰え始めた。

毛利の悪巧みを見破れなかっただけに、晴久自身にしても、随分無念なことであったに違いない。

新宮谷の一族を我が手にかけて五年目に、晴久も病没した。

備後三良坂

乳母に抱かれて備後へ逃れた助四郎は、乳母の野菊に守られてすくすくと大きくなった。乳兄弟の小菊《こぎく》と、野をかけ山を登り、水に潜《くぐ》って、里の子にも負けぬほどの元気者である。

野菊は賢い女であったから、肉身が相争う醜さを怖れて、幼い者に親兄弟の敵を討てなどとは決して言わなかったが、彼女自身も夫を失った悲しみに耐えているだけに、気性は激しく、二人の子に読み書きを習わせる傍ら、武芸を仕込むことを怠らなかった。

朝は起き抜けに、雨が降っても二人を連れて七面山へ駆け上ぼり、槍突きや木刀の打ち出しを教え、十歳になると二人を三次まで稽古にやらせた。そのために朝は明けぬうちに家を出ねばならない。二人の足は往復に鍛えられて飛ぶように早くなった。

三良坂は五、六十軒ばかりの小さな村で、山々に囲まれて、冬は雪が深く、雪が消えると夏から秋へかけて霧が深くなる。半日も太陽が顔を出さない小さな集落であるが、自然に恵まれた村には二筋、思い出川と可愛川が流れて平和な里である。

初夏の川原には撫子《なでしこ》が一面に咲いて、天から星屑が降ったよう見える。二筋の川の合する辺りの土手には、月見草が黄色く揺れて、夜は月の世界へ行ったようだ。

糸を垂れると、鮎が面白いほど釣れるし、秋になれば栗や柿が枝をもたわわに実り、松茸もよく採れる。

三月早く生れただけに、小菊は姉さんぶってよく助四郎の世話をした。松茸採りも小菊の方がうまかった。小菊の方がたくさん採った時は、助四郎の手柄に半分分けてやる。

男のような気性で、きびきびした娘であった。

助四郎も小菊がすきで、二人は大の仲良しである。

野菊は二人の仲の良いのを見るにつけても、小菊が男でなかったのが残念でならない。小菊が男であったなら、助四郎のよい家来になれたのだ。野菊は助四郎を強く正しい人間に育て上げたいと念願し、機会があったら助四郎を世に出さなければならないと考えていたが、その機会が思い掛けなく、早くやって来た。

助四郎が十三歳になった永祿九年、遂に月山城が落ち、いよいよ尼子は滅亡だと、噂は備後の山の中までも伝わって来た。義久兄弟が長田の円明寺へ幽閉の噂が入った時、野菊は助四郎と小菊を膝元近くへ呼び寄せ、形を正して尼子の昔を物語って聞かせた。

「皆天罰です。天罰だなどと申し上げては恐れ多いのでございますが、今の私にはそうとしか思われません。世に天罰ほど怖ろしいものはないのです。その証拠には、新宮谷の館が攻め亡ぼされたのが天文二十三年の十一月のことでしたが、月山城の御屋形様が御病死遊ばしたのは永祿五年の十一月、そして月山城を毛利に明け渡したのも十一月、尼子家にとって、十一月は忘れることのできない因縁の月となりました。非道を犯した者に、天が味方をするわけがありません。乳母は、若君にだけは、血で血を洗うようなことはおさせしたくなかったのでございます。しかし、若君には天のお守りが、あったのでございます。もう過ぎ去ったことは忘れねばなりません。乳母は、新宮谷の再挙のために若君を育ててまいりましたが、月山城の尼子が滅亡となった今は、そのような考えを捨てて、山陰の尼子の再挙を図るのが本当だと思ひます。ここへ隠れていないで京へ参りましょう。京へ行って尼子国久の孫だと大手を振って歩いてください。

四散しても、尼子の家臣の中には経久様より四代に渡る八十年のご恩を忘れない武士も、必ずおります。新しい勇気と信念で、若君こそ、尼子家の杖とも柱ともなる御方です。」

京へ参りましょうと野菊は助四郎の顔を見つめながら、新しい涙をはらはらとこぼした。悲しみの涙でないことは助四郎にもよく分った。野菊は勇気凛々と旅の仕度を調え始めた。もしも備後の片田舎で毛利の手に助四郎を奪われるようなことがあっては、地下の夫に申し訳がない。今迄の苦労も水の泡となる。野菊は一刻も早く京へ立ちたかったのだ。

京へ出た野菊は助四郎を東福寺へ預け、自分は娘の小菊と草の辺に移り住んだのである。

×　×　×

さて、尼子十勇士の中に数えられた横道兵庫之助兄弟は、その後浪々の身を、大和の信貴《しぎ》の城主、松永弾正久秀《まつながだんじょうひさひで》の元へ寄せていたが、信長に降参した松永弾正は東福寺へ伺候《しこう》した際に、山陰の尼子国久の孫が当寺において稚児になっているが、僧にしてしまうのは如何にも惜しいじゃないかと、世間話にされたのが横道兄弟の耳に入り、山科の立原久綱の元へ伝達された。助四郎が東福寺へ入って三年目に野菊の夢が実現されて、尼子の重臣立原久綱の手で寺を出る手続きがとられ、尼子勝久と名乗りを上げることができた。

野菊も娘の小菊も山科の立原の館へ引き取られて、諸方へ散っている同志に文が飛んだ。

鹿之助も京へ戻った。

杵築の大社で別れて以来、二年半ぶりである。同志は続々京へ集まって来た。

屋敷の内は次第に賑やかになり、藪中荊之介《やぶなかいばらのすけ》が出雲から上洛した。

藪中荊之介の持って来た情報は、毛利が豊後の大友宗麟《おおともそうりん》と鉾を交えることになり、山陰の警備が手薄になったということであった。

植田早稲之介がやって来た。彼は海の男である。

「毛利は総力を豊後へつぎ込むらしい。奈佐《なさ》の日本之助《にほんのすけ》殿が、時期が良いから船も軍兵も貸そうと言ってくれた。井筒《いづつ》が照来の山賊達を引き連れて参加の手筈も出来上がった。」

植田早稲之助は、奈佐党に入って、海賊の手伝いをしていたので、海の情勢には詳しい。

隠岐《おき》の島には隠岐為清《ためきよ》がいて、尼子に援助の手を差し述べていた。

経久、国久の遺業を知っている者に、勝久を主君に押したてることに異議のあらうはずはなかった。

京の都は既に花見も終り、青葉、若葉が萌え出した。

尼子の同志は六十二となり、二百人の雑兵を募って、いよいよ但馬へ下ることになった。

知和正人の遺児、小菊も許されて一行に加わることができた。

小菊は男の身ごしらえで勝久の身近かに従った。十六歳の小菊は顔色も浅黒く、母に鍛えられて凛々しいが、父に似て槍使いがうまく、男のような身ごしらえがよく似合った。

野菊は京に留まって、立原の館に残ることになったが、山科から、徒足立ちの一行を見送って、丹波路までもついて来た。

城の崎へ、垣屋播磨守光成《かきやはりまのかみみつなり》をたのみ、そこから奈佐の日本之助に助けられて隠岐の島へ渡るつもりである。

陸地は要所要所を毛利が押えている上に、他の大名の領地を越えて一行の長旅は無理であったからだ。

山中鹿之助を先頭に、尼子重代の旗を五月の薫風にはためかせて、丹波路を遥かに遠ざかってゆく行列に名残を惜しむ野菊は、いつまでもいつまでも立ち尽くした。

野菊の頬を一筋の涙が転がり落ちる。一筋に願って来た過去への思い出に、一人になると胸がいっぱいになった。

丹波路を但馬へ下る尼子の勇士たちの姿は勇ましいが、打ち続く軍兵の身ごしらえの貧しさが、野菊を女らしく悲しませていた。

よれよれの下着に、ぼろぼろの小具足、槍も満足なものはなかった。あれで十分な働きができるのだろうか――。

零落《れいらく》の尼子には、それでも精一杯の出陣であった。しかし、意気はあがってはちきれそうな活気が、行く道々に溢れている。

やがて一行は豆粒ほどの黒点となり、野菊の視野から消え去った。

隠岐の島

日本海の夏は波が穏やかである。

その美しい海を、隠岐の島へ目指して進む船の一団があった。

中ほどをゆく一際大きい一隻は大将の御座船と知れるが、どの船もどの船も、軍兵でいっぱいだ。

海賊奈佐日本之助の支配下にある但馬の海賊船に乗った尼子の一行であることは言うまでもない。

御座船の甲板に車座になっているのは尼子十勇士の幾人かであり、中央の牀几《しょうぎ》に腰を下ろしたのが尼子勝久である。小菊の顔も見える。二人は船へ乗って海へ出たのは生れてはじめてであった。

なんとなく不安になって二人は目と目を合わせては頷き合っていた。

立原久綱と鹿之助は何やら打ち合わせをしていたが、三刀屋蔵人と横道兄弟は盃を廻して静かに酒を飲んでいた。

勝久は船の動揺に身を任せながら、海原に瞳をこらしていると、鹿之助が後から寄って来て、まだ見えぬ隠岐の島の説明をしてくれた。

隠岐の島の諸島は、出雲から北東に海上を十一里、大きな島が四つ、小さな島が百八十もあって、西の島前《どうぜん》、東の島後《どうご》に分れているが、島前は知天里島《ちぶりとう》、西の島、中の島の三島からなっていて、島後は、島の形がほぼ円形である。八尾川、重栖川《しげすがわ》の流れがあり、北東部には大満寺山《だいまんじやま》という山を主峰に美しい森林地帯があり、牛や馬が放し飼いにされて美しい島であった。

隠岐の島には隠岐為清の居城があるが、隠岐は島の豪族であり、為清は守護代を務めている。祖父清政《きよまさ》の代に尼子の助力によって島内を統一平定し、隠岐の島主となったのであるから、為清も、経久の恩に報いてくれるのだ。また隠岐の先祖は尼子と同じ佐々木の出であることも尼子との関係を深くしている。

鹿之助の熱を込めた説明に、勝久は目を大きくして深く頷きながら耳を傾けていた。

隠岐は夢の島である。

中心の西郷は島後の南東に位して、西廻りの海運にはなくてならぬ寄港地であった。

尼子はこの島へ上がって、為清の力を借り、兵糧、武器の準備を整えなければならない。

鹿之助は、毛利元就が豊後へ赴いた隙を狙って、隠岐の島から不意に島根半島へ上がって出雲へ侵入するつもりであった。

再挙の巻

やすの槍法

隠岐の島の領主、判官為清は、尼子が亡んでからは毛利方についていたが、隠岐は佐々木の出であり、尼子の同族である。隠岐の島を平定できたのは尼子経久の大きな力と助けがあったからであった。

勝久を宮田の城へ迎えた為清は、尼子の再興を心から喜んで、兵糧、武器、軍資金の調達に立原久綱を助け、力を借した。

鹿之助も安心して、京から駆り集めた二百余人の雑兵に、軍法の訓練を行うことができた。

島前、島後の島々を駆け巡り、険しい絶壁をよじ登る猛訓練は、雨の日も、風の日も、一日として休みなく続けられ、尼子の軍勢が一糸乱れない統率ぶりを見せ始めたのは、もう六月も半ば、季節は既に夏に移っていた。

若い総大将勝久も城攻めを目前に鹿之助の指揮する隊伍《たいご》に加わり、馬を走らせ槍を握り、大刀を振る。後には小菊が続く。浅黒く引き締まった小菊の皮膚は、海に日焼けして見事に真っ黒だ。

小菊は泳ぎもうまいが、いつも男のように軽い身ごしらえで小舟を操り、イカやイワシ、鯖釣り、島民の網投げにまで加わる。国賀《くにが》の断崖を見下ろしても目を廻さない。

鹿之助でさえ小菊の勇気を褒め讃えて、知和正人の遺児が男であったら、必ず一方の旗頭となって手柄を立てるだろうにと残念がった。

勝久はどちらかというと女性的である。そうした小菊が頼もしく思われてならない。幼い時分から一緒に暮らして来た小菊は、血の繋がりこそないが、勝久の手であり、足であった。自分より皆年上の、尼子の家臣の固い結束に守られていながら、勝久は小菊だけが唯一無二の頼りに思われてくる。小菊が褒められれば、自分が褒められでもしたように嬉しい。

「其方が男なら良かったと、鹿殿が今日も残念がっていたぞ、小菊。」

「母も口癖に申しておりました。」

女では何故いけないのでしょう。小菊の涼しい瞳は勝久を見つめて笑う。小菊は同じ年頃の少年に、一度も後れをとったことがない。背も伸びた。腕力も脚力も、武術も、少年ばかりか、大人にも滅多に負けない自信があった。

新宮党の槍の知和と呼ばれた亡父の名を恥かしめぬ為に、小菊は、尼子随一の槍の使い手と名を上げた早川鮎之介に、やすの槍法《そうほう》を学んでいる。

鮎之介は元日野川の川漁師で、鮎捕りの名人であった。山中鹿之助に見出されて、尼子の家臣に加えられたのであるが、実は川狩乞食と卑しまれる川漁師、日野谷の五助爺《ごすけじい》の孫ではなく、尼子の猛将早川播磨《はりま》の息子であったが、播磨の部下であった五助に育てられていたのだ。

山陰一を誇った尼子勢が余勢をかって、芸州吉田の城を攻めて破れた。

それから間もなく、尼子経久は八十歳の高齢で亡くなり、法勝寺《ほうしょうじ》へ葬られたが、これが尼子のけちのつき始めのようなもので、天文十二年、長門の大内勢が、石見から出雲へ侵入して来た。月山城を攻めにかかったのである。

月山城はやすやすと落ちる城ではなかった。寄手の大将は大内家の被官、毛利元就吉川元春らで、逆に石見、江ノ川で破れて退却したが、その合戦で早川播磨は、毛利方の部将と馬上で刺し違えて壮烈な戦死を遂げたのである。その為、母の体内にあった鮎之介は、父の顔も知らない。

夫に死別した鮎之介の母は、故郷の日野郷へ戻り、歎きの余り鮎之介を産むと、日野川へ身を投じて、夫の後を追ってしまった。

孤児になった赤児の鮎之介は、それから五助爺の孫として育てられたのであったが、同じ尼子の重臣、山中鹿之助に見出されたのは、不思議な縁というものであろう。やすの槍法と名づけて、鮎之介の槍を世に出したのも山中鹿之助であった。

やすは細い竹竿の先へ、鉄針を植えつけただけのものであるが、槍よりも鋭く、水底を覗き込んで、じっと狙いをつける身の構え、さっと水へ投げこむ手際、手繰りこむやすの先には、百発百中頭を突き抜かれた鮎が身悶えして跳ね上がる。素早く鮎を掴み捕って腰のびくに入れ、次を狙う鮎之介の仕草には、無言の殺気が溢れ、一分の隙もなく、狙った獲物を捕り逃すことはなかった。

岩から岩へ、やすを使って飛ぶ鮎之介。

水飛沫を浴びて白銀の閃きにも似た動作を見せる鮎之介は、戦場に臨んでも、やすの槍法で弓矢の負けをとったことがない。

小菊も、生れ故郷の、備後三良坂《びんごみらざか》の可愛川《かわい》の浅瀬を登る鮎の鼻面を、一尺の棒で叩いて捕るのは神技のようにうまく、里人は驚きの目を見張ったものだが、狙い叩きはいくらうまくとも、合戦の槍法とはならない。

改めて勝久も小菊も、鹿之介に、やすの槍法を伝受してもらい、二人は月光の砕く夜の海に腕を競いあったが、どうしても勝久は小菊に勝てなかった。

小菊の腕にはやはり、槍の知和と言われた亡父の血が流れているに違いない。勝久は負けても、この乳《ち》兄弟の為に満足であった。

隠岐の島で、勝久には良い家来が二人できた。一人は隠岐の為清の弟、清家《きよいえ》。一人は湯新《ゆしん》十郎《じゅうろう》である。元服を済ませたばかりの三人は、主従も忘れるほど仲の良い友になることができた。

潮姫

「若君、小菊は男のようでございまするなあ。」

唇をゆがめた潮姫《しおひめ》の表情には、ありありと蔑みの色が浮かんでいる。

粗末な小袖に、軽衫《かるさん》を履いた小菊の姿は、潮姫の目には、がさつな男のように見えよう。勝久は黙っていた。

「私はきらい！」

姫は拗ねたように言う。

「きらいでもよいではありませぬか。」

清家はそばからめいの姫を嗜めたが、一つ年上の叔父など潮姫は眼中にない。ぷんと怒って行ってしまった。

浜には夏イカが一面に干してあり、小菊はそのイカの間の小道を走り廻っている。イカさきで体中が生臭くなり、慣れぬ間は吐気を催して、何度も卒倒しそうになり、額に脂汗を流したのだが、今はもう平気であった。

今しも合戦の稽古を終えた尼子の軍兵は、あちこちに屯《たむろ》して一息入れたところである。砂浜に火を焚いて、ほどよく乾いたイカを炙って腹の足しにするのだろう。スルメの焼ける匂いが砂浜いっぱいに漂い始めた。

小菊はまめまめしくスルメを配って歩いていたが、一日も早く合戦が始まればよいと思っている。京でよい知らせを待ちわびる母の野菊を、一日も早く出雲へ呼んでやりたい。父の戦死した新宮谷へ母も一緒に連れて行ってやりたい。

傾きかけた強い西日に、玉となって流れ出る汗を拭わず、小菊はよく乾いたスルメを、二十枚ずつ束にまとめる仕事に精を出した。

「鹿どの。」

海風の中を、甲高く流れてくるのは潮姫の声だ。

潮姫は、隠岐の判官為清の息女である。

「尼子が毛利に勝ったら、勝久さまの奥方になるのは私でありましょう。」

ひどく高ぶった声である。

小菊はぎくりとしてスルメを縛る手を止めた。

スルメの山に遮られて、潮姫の姿は見えないが、鹿之助は六尺を越える大男であるから、スルメの山の上に頭が見える。

「何故返事をして賜らぬのじゃ。」

姫はいらいらしていた。姫の唐突な問いに鹿之助は面食らっている。為清の総領娘で、我が儘いっぱいに育ったので、少しも遠慮もはにかみも知らない。

「小菊が勝久さまの奥方になるのかや。」

鹿之助は目をぱちくりさせると、大きな声で笑い出した。

「意地悪な鹿どの、笑わないで教えてたもれ。」

「姫。毛利との合戦はこれから始まるのでございます。若君の奥方など、鹿之助はとんと考えてはおりませなんだ。」

潮姫は悔しそうに、下ぶくれの可愛い顔を振って、両手を拳に握りしめ、足を踏み鳴らした。

「今の某には、只々故国出雲を毛利の手から奪い取る以外、何も考えられませぬ。」

「それでは、出雲が無事尼子の手に戻ったら、私は勝久様の奥方に迎えられるのじゃな。」

「さ、そのことは、鹿之助の一存ではまいりませぬ。」

「よい返事を聞かせてたもれ。」

「さあ――。」

「それみい、鹿どのは意地悪じゃ。」

「そんなことはありませぬ。」

鹿之助は姫には歯がたたず、しどろもどろだ。

「それではしかと約束してたもるかや。」

潮姫は白い細い小指を鹿之助に突き出したが、鹿之助は大きな体を反らして狼狽するばかりであった。

「何事も、戦が終ってからでござりまする。」

「ではよいように計ってたもるか。」

「計らいはいたしまするが――。」

首筋を流れる汗をやたらに拭っている鹿之助は、スルメの陰に隠れている小菊にも焦れったく思えた。

「しかとな。」

姫は言葉尻に力を入れ、

「父上も鹿どのの志を喜びましょう。」

と、勝ち誇ったように笑顔を見せ、華やかな花模様のある小袖の袂を翻した。駆け出して行く姫の後ろ姿を、鹿之助は呆れて見送っている。

鹿之助の心の中は分からなかったが、日頃潮姫が小菊に邪険な訳がわかって、小菊は何故だか急に悲しかった。

「馬鹿な姫だ。」

誰もいないと思ったスルメの山蔭から早川鮎之介がぬっと顔を出して、小菊の方を見ながらあははははと笑う。

小菊は慌てて目を伏せると、涙がぽたぽたとこぼれて砂に散った。鮎之介が去ってゆくと、小菊はもう何も聞かなかった時と全く同じ表情で、黙々とスルメを二十枚ずつ、両端の長い二本の足で縛った。そのスルメの束が、自分の前に背よりも高くなると、ううんと両手を空へ伸ばし、足を踏んばって、

「馬鹿な小菊だ。」

と、そっと唇の中で早川鮎之助の、情味溢れた一言を口真似で、うふふふと笑ってみるのだった。その笑いが、半べそになっているのは小菊も知らない。

千酌《ちしやく》の浦《うら》へ

永禄十一年四月、毛利元就が大友宗麟との講和を破って九州へ兵を繰り出したのは、大友に背いた筑前の立花城主《たちばなじようしゆ》、鑑載《あきとし》を助ける為であったが、援軍を率いて海を渡った毛利軍が、立

花城の近くの博多湾で大友の軍勢に破れて、遂に立花鑑載は城に篭ったまま、自殺し果てた。

毛利方としても寝覚めが悪い。そこで、大友軍が肥前の佐賀へ、竜造寺隆信《りゅうぞうじたかのぶ》を攻めたのを機会に、元就は復讐戦に出たのである。五万六千を誇る大友軍を、後から突き、竜造寺の軍と挟み打ちにするために、吉川元春、小早川隆景に五万の兵を従わせた。その為に山陽、山陰はもちろん、出雲からまで軍勢を駆り出した。

天野隆重《あまのたかしげ》は三百余騎で月山城を守り、忠山城は雑兵をこめても百にも足りぬ手薄となっている。

この情報を、細《しさい》に出雲から隠岐の島へもたらしてくれたのは、小倉鼠之介である。鼠之介は、四尺ばかりの小男であるが、鼠を一匹描いた四半の旗物指を肩に、戦場を独楽鼠《こまねずみ》のように駆け巡って敵を悩ますので、そんな異名がついていた。生れは近江の国愛知郡小椋《おぐら》の庄《しょう》、君ヶ畑大《たい》皇大明神《こうだいみょうじん》の神主頭梁《かんぬしとうりょう》、小椋内匠《うちのり》の次男で、杢介《もくすけ》と呼ぶのが本名である。

君ヶ畑大皇大明神は、全国に散らばる木地師の祖先の神で、小野宮惟喬親王《おののみやこれたかしんのう》の子孫と名乗り、全国の山野の良材を自由に伐採し、椀生地《わんきじ》、膳生地《ぜんきじ》をつくる権利はこの大皇大明神の神主、頭梁から許され、毎年、毎年、何人かの神官が派遣されて、免許状改めを行い、奉納金の徴収をするのである。その神主頭梁、木地師の大親方、総元締《そうもとじめ》の息子である鼠之介は、全国至るところの山野を駆け巡ることが自由なのだ。だが、彼は木地師よりも尼子の十勇士に数えられる方が本望である。

尼子が亡んでも、山陰の山々を駆け巡って出雲を離れず、絶えず鹿之助に情報を送っていた。

この機運を逃がしてはならなかった。鹿之助は再び但馬の海賊衆、奈佐の日本之助を頼んだ。日本之助は快よく二十隻の船と、腕の優れた舵子《かこ》（かじをとる男）ばかりを選りぬいて手配をつけてくれた。

忠山城

水無月二十三日の夜の闇は、白い波頭をたてる海を覆って暗いが、北から南へ走る船脚は順風に送られて滑るように速く、二刻（四時間）もすれば千酌の浦へ到着という日本之助のみこみ通りになった。

船の内では、上陸もしないうちから、戦勝気分で、隠岐為清から贈られた濁酒を酌み交わし、しきりに腕を撫で擦っているが、夏の夜の海風は、酔った軍兵たちの肌に心良かった。

酒を呑まぬのは、船団の中央の御座船の牀几《しようぎ》に腰を下した総大将の勝久と小菊、隠岐清家も呑まなかった。湯新十郎も呑まない。

祝酒だから、景気づけに一口とすゝめられたが、年若な四人だけは飲む気にならない。大事な初陣に、酒をくらって船酔でもしたら大変なことになるという心配があった。同じ年頃の四人は、同じようにじっと暗い海原《うなばら》に目を据えて、体が震えるほど緊張している。

遅い月が昇った。細い、細い片割れ月だ。

船の酒盛は次第に盛んになり、歌う者も出て、海の上は賑やかになった。

「千酌はまだか。忠山城はどの辺になるのだ。」

海の地理に詳しいのは隠岐清家だ。

「あの方向に、間もなく山が見えましょう。それが忠山城であります。」

湯新十郎が、清家の指さした方向にじいっと瞳を凝らしている。

具足の上に、金糸銀糸で縫い取りのある陣羽織を着た勝久は、

「少し寒い。」

と歯をかちかち鳴らした。

寒さの為ばかりでなかった。清家も新十郎もしっかりと歯を食いしばっている。

最前から四人の様子を見ていた立原久綱が、この時すっと立って勝久の前へ進み出た。

「若君に一献差し上げたく存じます。その上で久綱が、初陣の心得などお聞かせいたしましょう。」

と、手にした大盃を差し出し、なみなみと酒を注いだ。

「祝酒というものは、一口飲めば不思議にきもが据るもの、さあ、召し上がれ。何ほど剣の修行を積んでいても、さて実戦となれば、矢弾雄叫《やだまおたけ》びにきもは一辺で縮み上がりやたらに馬を走らせては首にしがみつく。馬は驚き、槍り持つ手は震え、目が眩んで、口が渇き、手元がくるって右往左往するばかりか、何がなんだかさっぱり分らなくなるのが初陣でござりまする。敵に打ち勝つ為には、何よりも祝酒できもっ玉を据えるのが肝心で。」

と、からから笑い出した。

勝久から順にお流れを頂いた、清家も新十郎も、軍師立原久綱の話にのまれ、まずどうやら震えが止まったようだ。

「立原殿も、初陣にはやっぱり震えてか？」

「はて、久しい昔のことになりましたが、某とて武者震えは同じ事、歯の根が合いませなんだ。」

「して、首はとれたか？」

「どうにか、二つかきとりましたわい。」

「なに、武者震えが出ても二つとれましたとな。」

湯新十郎と、隠岐清家はごくりと唾を飲みこんだ。

戦に勝つということは、敵を傷つけ、一つでも多く敵の首をかき切ることであった。千酌の浦も、忠山城も、もう直ぐ目の前だ。

高さ三百五十米、独立はしているが、小さな山の上にある忠山城は、日本海と中の海の間を通う舟を監視する望楼の役目を果す小城だ。ここを乗っ取りさえすれば、出雲の本国への足場ができる。

船団が千酌の浦へ着くや、待ちに待った軍兵は、さっと渚へ飛び、山中鹿之助の振る軍扇に素早い勢揃いを見せた。

法螺貝《ほらがい》がぼうぼうと鳴る。

天地も揺るがす勝ち鬨に、軍兵は二手に分れ、目にも止まらぬ早業で、真っ先に忠山を駆け登ってゆくのは、やっぱり小倉鼠之介であった。

海の夜明の巻

夜討ち

高さ三百五十メートル。

忠山《ただやま》は小さな山だが、松、杉、欅の大木が鬱《うっ》蒼《そう》と繁茂して、天にも届かんばかりにそびえている。

日本海に向かって開いた急坂が、城への登り口で、尼子の軍勢は咽喉も張り裂けよとばかりに、わっと喚声をあげて先を競《きそ》った。

手に手に刀を抜き、槍を引っ下げ、暗い坂道を駆け登る有様は、勇ましいというより凄まじい勢いである。

衆に優れて体の大きな山中鹿之助は、南蛮鉄の甲冑に身を固め、銀の草摺《くさずり》を履いた拵《こしらえ》は一際目立って立派である。

逸る心を押し止め、足に力を込めて、鹿之助はその坂道を踏みしめたのだが、後に続く従卒が元気いっぱい、たちまち鹿之助を城門の前へ押し上げてしまった。

兜の前立に、久方振りで鹿之助の三日月が輝くようだ。

城門は叩き壊され、ひっそりと静まり返って深い眠りに落ちていた城内は、上を下への大騒ぎとなった。

寝惚眼《ねぼけまなこ》で物見へ上がった城兵は、慌てふためいて滑り落ち、

「夜討ちだ。夜討ちだ！」

と、叫んだが、

「この城へ夜討ちをかけるばかがあるか！」

と、たぬき寝入りをきめこんでいる者もある。

尼子が亡び、出雲が毛利の手で守護されるようになって三年、国内は一先ず平和であった。

無事平隠になれた城兵には、時ならぬ法螺貝の響も、勝ち鬨の声も、夢現《うつつ》に聞いたことは聞いたのだが、真夏のことである。夏の宵は寝苦しく、夜更けてからやっと眠りに入り、前後もなく眠り呆けていた。

城門を叩き破られ、寝込みを襲われるまで、尼子の軍勢が押し寄せるなどと、考えてもみなかった。

皆裸で心地良げに寝ていた。

慌てて着物をまとったが、海賊が千酌の浦を襲って、その騒ぎが大きくなったくらいにしか

思っていない。城門を守っていた番兵が飛んで来て、皆を起して廻ったが、慌てふためいているので、何がなんだかさっぱりわからない。

城内に迫ってくる喚声に驚いて、

「百姓の一揆だ!」

と、怒鳴る者もあった。

「とにかく仕度を召されい。騒ぎが大きすぎる。一刻も早くとり静めねばなるまいて。」

と、がやがやと言っている中に、もう一の木戸が破られてしまった。

戦うどころの騒ぎではない。逃げるのが精一杯だ。

守将小穴元広《こあなもとひろ》が身仕度を済ませて本丸を出た時には、味方は一人残らず、裏手の崖から立木伝いに谷へ這い落ちて、一の丸も二の丸も、敵の松明《たいまつ》でひしめいている有様だ。

無念の歯噛みをしたが間に合わない。仕方がないので槍を扱きながら、本丸の書院へ舞い戻ると、近従が二人左右からひしととり縋《す》がり、

「殿。忠山城も、最早これまで、ここは我ら二人に任せて、西の裏木戸より落ちのび下されませい。」

とかわるがわるにすすめる。

だが、攻め手は尼子の残党と聞くと、小穴元広は潔く降人に出る覚悟を決めた。

城に残っているのは妻子のほかに近従が二人と、あとは召使の侍女十数名、うろうろしているばかりであった。

女達も、もう死を覚悟したようだ。

大成功

小穴元広は侍女に命じて、庭に面した雨戸を開けさせた。庭前にも尼子の軍勢が真黒にひしめいている。

紙燭《ししょく》に照し出されて、かっと目をむいた小穴元広は、形相物すごく尼子の軍勢を睨みつけた。

この時、真黒な人波を押し分けて、一際高い、一人の鎧武者が前へ進み出て、

「小穴殿でござろうか。」

と、丁重な態度で尋ねた。

「尼子勝久が当城を頂きに参った。」

「如何にも某は小穴元広。尼子勝久と名乗るは一体何者だ。」

不意を襲われた元広の目から怒りの炎が噴いた。

「毛利に領土を奪われた尼子義久公の甥御でおわす。速やかに城を明け渡し、お立ち退き召さ

れい。」

「なにっ、貴様は勝久か。」

松明の光りを半顔に受け、にっこり笑った鎧武者は、更に一歩進み出て、

「手前は山中鹿之助幸盛でござる。以後お見知りおかれよ。」

と、名乗りをあげる。

「はて、おお、お主が尼子に名高い鹿之助か。」

仁王立ちになった小穴元広は、じいっと穴のあくほど鹿之助の顔を見つめていたが、恨めしげに、

「山中殿とあれば、この期に及んで足掻いてみても詮の無いこと、一先ず城を渡して立ち退くことと致そう。だが、武士の弓矢にかけての面目、他日必ず挨拶に出向くものと承知し置かれよ。」

槍を捨てた小穴元広は、妻子に城を立ち退く仕度を命じた。

元広の妻は白い被衣《かつぎ》に顔を包んで、幼い子どもの手を引いた。十数人の侍女も従った。

鹿之助は殺気立つ味方を制し、後藤彦九郎《ごとうひこくろう》に道を空けさせた。

後藤彦九郎の腰には、既に三つの生首が吊されている。尼子の首とり後藤とうたわれた勇者である。

鹿之助は殿《しんがり》について、落ちてゆく一行を守り、城の外まで見送った。闇の色の濃かった忠山の急坂道にも、夏の短夜は白々と明け染めて、しおしおと項垂れ歩みゆく女達の行列は、見送る鹿之助の眼前を遠く、やがて消え去った。

目を転ずれば、木の間越しに広がりゆく海原が、既に朝焼けで真赤だ。

海風が肌に心良い。

忠山城では、もう戦勝を祝う大酒宴が始まった。鹿之助の頬に微笑が浮かぶ。

上陸第一歩、まずまず大成功というものだろう。味方は殆んど傷手も被むらず、敵は敗走。無血で城を乗っ取ることが出来たのだ。

城も、食糧も馬も兵器も手に入った。

鹿之助は感激に胸を膨らませ、一人忠山城の前に立ち、心ゆくまで夜明けの海を眺めていた。

中の海も見える。

対岸の彼方に白く光って見えるのが、懐かしい富田川、その先の月山城の見えないのは残念だが、何れこの忠山城を足場に、島根半島を切り落し、月山城を奪い戻す日も間近いのだ。

腕を組み、軽く閉じた眼《まなこ》から、すっと一筋の涙が流れた。

嬉し涙――。千酌の北浦に、白い波頭が寄せては返す。懐かしい故郷へ帰って来たのだ。

祝い酒

ともらい語らう諸人《もろびと》に
御酒をすすめてさかずきを
とりどりなれや梓弓《あずさゆみ》
やたけ心の一つなる
つわものの交わり
たのみある中の酒宴《さかもり》かな

歌っているのは鹿之助で、本丸の書院の上座には勝久。一段下がって久綱、横道兄弟、三刀屋蔵人が居並び、皆が手拍子をとって声を合わせた。

小倉鼠之介も隅の方にちょこんと座っている。座っている姿はまるで子どものようだ。

酒は汲み放題、飲み放題。残していった敵はさぞ悔しかったであろう。尼子万歳と、一の丸からも二の丸からも喚声が沸き返っている。

夕刻近くなると、国内に散らばっていた尼子の遺臣たちが、噂を聞き知って、忠山城へ、我れも我れもと馳せ参じ、城内は一層賑やかになった。

森脇市正、匹田右近《ひきだうこん》、秋宅庵之介、寺本生死之介、植田早稲之介、藪中荊之介、深田泥之介、それに小倉鼠之介と、最も仲の良かった尤道理之介である。

小倉鼠之介は、山中鹿之助に代わって、それらの人々を出迎えしていたが、一番最後にやって来た尤道理之介の顔を見るや、

「遅いぞ、遅いぞ！　尤道理之介、お主が一番遅いぞ。」

と、さっそく小言を浴せたが、久し振りの尼子十勇士の対面だ。喜色が顔にあらわれて、鼠が口を尖らしても怒り顔にはならない。

道理之介は、砂金をいっぱい詰めた皮袋を、馬の背から下ろして、鼠之介に手伝わせ、これはほんの手土産だ、軍資金に使ってくれと、鹿之助の前へ差し出した。

「おお！　志しかたじけないぞ、有難く頂戴つかまつる。」

鹿之助の両眼に、またしても涙が溢れ出た。

尤道理之介は、尼子の勇士ではあるが、最も身分の軽い侍なのだ。山先師（探鉱師で石見の大森銀山で働いていた男）なのだが、石見の合戦に鉱夫を引き連れて大手柄をたてて以来、尼子にその名を轟かせた。

千人の木地師の身内衆を引き連れて、戦場に臨むことのできる、小倉鼠之介とは、好一対の武者振りであった。

道理之介は鼠之介を、木地屋と呼び、兎と呼ぶ。鼠之介は道理之介を、地むぐりと呼び、尤《ゆう》道《どう》という。道理之介は、何事によらず、二言目にはもっともじゃと言う癖があった。

道理之介は、陸奥《むつ》の南部の金山生れで、日本国中の金山を歩き廻っている優秀な山先師だ。遇然なことから、尼子に仕え、今では但馬出石《いずし》に広大な山を持ち、鉱山師らしく、黄金発掘の夢を忘れない。尼子の恩も、仲間の友情も忘れない男だった。

新しく迎えた尼子の主君勝久公との引見が済むと、久綱や、その他の重臣に久方振りの挨拶を述べ、早速十勇士の仲間に入り、酒宴に加わった。

酒を酌み交わし、唄をうたっているが、何れの目にも涙がうっすりと溜まっている。

三年前の月山落城の離別が思い出され、悲しみに打ちひしがれた旧主の面影が偲ばれ、再挙の喜びが胸一杯、感慨無量なのだ。

大社での別れがつい昨日のような気さえしてくるのだった。

調略には調略を

忠山城へ毎日のように、援軍が到着した。元白鹿城《はくがじょう》主であった松田兵部少輔《まつだひょうぶしょうゆう》、三笠城の牛尾弾正忠、熊野城《くまのじょう》の熊野兵庫之介《くまのひょうごのすけ》、八橋大江城の吉田源四郎《よしだげんしろう》、さらに伯耆大山経悟院《ほうきだいせんきょうごいん》の衆徒三千余名が立ち所に集った。

隠岐の島からは為清が食糧を船に積み込み、三百騎をもって渡って来た。

待てば海路の日よりというのか、三年間の隠忍自重が実を結んだのだ。

「若君のお国入りをお祝い申し上げます。この度の戦勝はまことにお目出たく、存じ上げたてまつります。」

名主は言うに及ばず、漁民、農夫や商いをする住民達まで、旧領主の帰国を心から喜んで、酒、魚、野菜の食物を届ける。

軍勢は活気に満ち溢れて、城内は日増しに賑やかになるばかりだ。

勢いにのって秋山城の多賀重綱《たがしげつな》を落した鹿之助は、次に目をつけたのは秋山城と谷を隔てて東に相対する白鹿城である。

白鹿が落ちると、次は南へ三十丁の末次《すえつぐ》、末次は今の松江である。

末次城は背後に日本海、加賀ノ浦、大芦浦を控えて、前面の左右に中の海、宍道湖を望む島根半島の一大要所である。鹿之助はここへ尼子三千の軍兵を送って、堅塁を築いた。

尼子の本拠が出来上がると、いよいよ月山城の攻撃にとりかからなければならない。

宇波《うわ》、布部《ふべ》と六つの小城が掌中に入ると、秋山城の勝久の許へ、尼子の重臣達が集って、久綱、鹿之助を中心に、毎日軍議が開かれた。

久綱は、かねてから手筈をつけてある豊後の大友から、武器弾薬を送ってくるのを待っているのだが、若武者たちは手をつかねて武器弾薬の届くのを待つほど悠長な気になれなかった。毛利の宿将、天野隆重が月山城の守備についているが、九州へ兵を送った今は、わずかに、城兵三百に過ぎない。

一揉みに揉んで落とすのは、さほどの難事ではないと息まくのを、

「しかし、隆重は七十歳に近い戦場武功の老将。城は天下の堅城。毛利の大軍を支えて、四年の長い月日を尼子が月山城に籠城してきた三年前のことを忘れてはなるまい。」

「それでは一策がござる。」

膝をすすめたのは秋宅庵之介であった。

「一策とは。」

腕を組んでいた鹿之助が、面をあげた。

「調略でござる。隆重に和平をすすめ、謀略で城を明け渡させる方法をとろうではござらぬか。」

「しかし、元就が月山城を預け置くほどの天野隆重だ。そう容易く応じたりはしまい。」

「そこでだ。まァよいわい。我れに任せ給え。」

秋宅庵之介は、すこぶる自信のある口振りであった。

「秋宅殿が調略をもって隆重を下すにしても、まずは総攻撃の態勢をとって置く方がよくはなかろうか。」

森脇市正が言う、市正は久綱と同年配であるから思慮深い。

「そうだ。向い城を持たなければ、総攻撃も味方の不利となる。力攻めで容易く成功するとも限るまい。」

「然らば、どの辺を要地といたしたらよかろうか。」

横道兵庫之介が同意した。

「そのご方策は尤道、も少しお考えを。」

ずっと隅の方から、尤道理之介が途方もない声を出したので、一座がどっと笑い出したが、その笑いが納まると、軍師格の久綱が直ちに、

「各々、早速手配りを願おう。宇波、山狭《やまさ》、布部《ふべ》の数か所に塁を築き、月山の糧道を断つのが肝心。浄安寺《じようあんじ》へ布陣しては如何がでござる。」

若主君、勝久に計ったが、合戦に慣れぬ勝久に異議などあろう筈がなかった。

秋宅庵之介は、月山城の守将、天野隆重への降伏の勧告状を送った。

返書は思ったよりも早く届いた。

いろいろご親切なご配慮、老将心より感謝、有難く受け取り申した。仰せの如く、わずか三

百の手勢で無援の孤城を守るのは無理で、ご好意に従って降人に出たいのであるが、国元へ残して来た妻子の身の上を思うと、それも出来ずにおる。何卒そのへんの事情もご推察頂きたく、然るべき軍勢を当城へ差し向けて、その上で城をお受けとり下されたく願い上げます。

世間体も考えた、そのような意味の書面であった。

秋宅庵之介は踊り上がって喜んだ。思うつぼである。調略が効いたのだ。月山城は日を経ずこっちの手にはいる。天野隆重の面目を潰さぬように兵を繰り出して、城を受けとればよいのだ。

永禄十二年七月二十日の夜明け前、勇んで二千の兵を引き連れた秋宅庵之介は、馬にまたがって秋山城を出発、富田へ向った。

途中、出雲の山々はまだ深い霧に閉されていたが、馬の蹄の音も、歩卒の足音も、ひどく元気に響いた。城の明け渡しに、城を受け取りに行くのだ。賑やかな談笑さえ聞こえてくる。

「天野隆重ともあろう者が、意外なものだなあ、こんなに早く降参とは思わなんだ。」「どのみち降参するものなら、早い方がお互いのためだ。」

戦勝に次ぐ戦勝で、尼子軍は浮き足立っていた。調略には調略を持って当る。

千軍万馬も怖れぬ老将の手の内までは、流石に若い秋宅庵之介には読めなかったようだ。

月山城包囲の巻

さらし首

月山城の守将天野隆重は、供の者を連れては日に幾度となく、城内の番所を巡り歩いた。

六十八歳の老人であるが、隆重はせいぜい六十歳位にしか見えない。足腰がしっかりしていて、眼光が壮年者のように鋭いからだ。人の心の奥底までも見抜く目である。

顔も首も渋を塗ったように日焼していて、額にも頬にも刀の深い傷跡が残っている。脛にも肩にも槍傷があった。

天野隆重は、手ぐすね引いて尼子勢のやって来るのを待っている。

「まだやって来そうもないか。」

催促するように見張りの番卒にたずねた。

「まだ見えません。」

「遅いな。」

老人は、怖ろしく気の長い半面、ひどくせっかちなのである。舌打ちをしながら、

「見張りに油断は禁物じゃよ。」

と、北と西と南の三つの城門を見回り終えると、軍目付の多賀重綱を呼んで、何やら密かに打ち合わせを済ませたようだ。

隆重の命令は、いつの場合も上下三百の城兵を、見事に動かす実力があった。

尼子の軍勢は、月山城内の地理に明るい。城門の外には深い濠が巡らされているが、濠から富田川までが城の外郭であり、平地であるから、敵が押し寄せればたちまち一望の中に眺められる。隆重の考えでは、尼子が押し寄せた場合、三方の城門より入ると見て作戦を練り、まず外郭の守備を解いた。

守備兵を城へ引き揚げさせて、敵に油断を与える計略である。

秋宅庵之介へ降伏の返書を送ってから、天野隆重は終日思い出してはにやりにやりと笑っている。人を食ったじじいである。

「馬鹿な奴め！　毛利の家の子隆重が、餌に釣られてやすやすと敵に降ると思っているのか、ま、今に見てみい。奴らの泣き面が見ものじゃわい。」

山中鹿之助がどんなに強かろうと、隆重からみれば孫のようにしか思われない。

隆重は城兵を三分した。

百の兵で本丸を守り、二百の兵が谷へ潜んだのである。

城内を空《から》にし二度目の油断をさせ、城内におびき寄せて置いて、不意を襲って袋叩きにする作戦をもって二千の尼子勢に当たったのだ。

敵の術中に陥るなどとは、夢にも思ってみなかった秋宅庵之介。城門を叩いて声高々と名乗りをあげ、城を受け取りに参ったと案内を乞うと、待っていたとばかり番卒は鉄の扉をぎぃっと鳴らして左右に開いた。

尼子軍を迎える為に、城内はすっかりはき清められて、しんと静まり返っている。

今日、ただ今より月山も尼子の手に戻るのだと思うと、秋宅庵之介の面上に、喜びの色がつつみきれない。

番卒は無抵抗である。

尼子軍は先頭の武者から順々に馬を下りた。

足並も軽やかに一行が本丸の正面に当たる急坂へ差しかかると、その時、それが合図であるように、どどどっと異様な物音がした。

坂を登りかけていた先頭が、足を止めた瞬間、行列の真ん中あたりを目がけていっせいに打ち出された鉄砲の弾丸が、しゅっ、しゅっと空を切った。

「飛び道具だ！　種が島だぞ！」

敵の伏勢が、わっと喚声をあげる。たちまち混乱する味方を制し、

「者ども伏せ！　折り敷け！」

と、侍大将はどなったが、狼狽する雑兵どもの耳へ入るわけがない。

本丸からも打ち出される鉄砲玉が、折り伏す頭上を掠め、頬を掠めて飛ぶ。

謀られたと知ると、血が逆流する。押し合い、ひし合い、我れ先にと城門さして逃げまどう有様を、天野隆重は物見に登って小気味よげに笑って眺めた。

全軍をあげて九州遠征についた毛利元就は、月山城を守る天野隆重に、屈強の鉄砲隊を配置して行った。万一に、尼子の遺臣が蜂起した場合の備えであった。老獪な毛利は用心深い。

鉄砲隊の奇襲に倒れた尼子勢の首は全部で九十六。炎天下、秋宅庵之介以下九十六の首は無念の目を固く閉じて、月山城の城壁へ晒された。

「首を奪いに、尼子勢は必ずやって来る。二陣を迎え、更に三陣、城壁に晒す首はその度に数を増すのだ。毛利の名誉にかけて味方は一兵も殺してはならぬ。」

と、隆重は夜の来るのも待たず、富田川の橋を落させた。

銀山兵

月山城の城壁に晒された九十六の、尼子の若武者達の生首は、浄安寺に向けられたまま、烏に啄《ついば》まれ、虚しく朽ち果て、どくろと化した。

鹿之助自ら先頭に立ち、二度月山城を攻め、二度とも失敗に終ったのだ。

月山に上ぼる新月を仰ぎ、鹿之助は声を放って悔し泣きに咽《むせ》んだ。

願わくば我れに七難八苦を与え給え、限りある身の力を試さんと、三日月に祈った十六歳の少年の頃が懐かしい。

今、同じ心で新月に祈りながら、秋宅庵之介を失った心の傷手は大きかった。庵之介とは七つ八つのころからの親しい友だちであり、尼子再興に難艱辛苦《かんなんしんく》を共にした仲間である。敵の手で城壁に晒されたその首さえ、奪い返すことが出来ぬ身の不甲斐なさが心の傷を深くした。

三度月山城攻撃にとりかかる準備と、作戦を練り直す浄安寺の尼子の陣へ、新山城の勝久から思いがけぬ急使が、飛んで来た。

毛利の家臣である安芸の小田助右衛門《おだすけえもん》が、三千の兵を引き連れて、隣国石見の服部是豊《はっとりこれとよ》の銀山兵二千の力を借り、月山城の天野隆重を助けに向かったという知らせであった。

石見、安芸の軍兵はことごとく長州に馳せ、筑前に戦っている際であるから、いずれ、押し寄せて来るのは、金掘人夫や野伏の類であろうが、総数五千と聞けば油断がならない。

国境で追い払わないと面倒なことになる。やっとまとめ上げた出雲国内の安泰を乱されてはたまらない。

月山の城攻めを、一時にせよ断念しなければならないのは、如何にも無念であるが、いたしかたなかった。

月山城に籠る天野隆重は運が良かった。

久綱は、敵の糧道を断ちさえすればよいのだと鹿之助を慰め励ました。

戦場の習わしとはいうものの、置き去りにする晒し首に後髪の引かれる思いが残った。が、一刻も猶予ならぬ事態に、直ちに諸城へ急使を送り、兵をまとめて本城へ戻った。銀山兵の侵入を防がねばならない。

本城新山には、若い勝久が心細げに鹿之助の帰りを待ち詫びていた。

尤道理之介、小倉鼠之介の暴れ回ったのはそれからである。

出雲高瀬の城主、米原綱寛《よねはらつなひろ》が九州立花の陣から、毛利元就の命令で第一番に引き揚げて来たが、三百の兵とともに石見の浜田へ船を着けると、急に気が変わり、尼子へ寝返ったのである。

筑前の立花城はおちたが、出雲に尼子が乱入した報を受けると、毛利は慌てふためいている。

米原綱寛も、船を石見の浜田へ着けるまでは散々迷ったのだが、結局尼子方へついてしまった。

久綱も鹿之助も、出雲へ尼子乱入と聞いて、毛利が大友と和平をとるような結果になることを恐れた。はるかに大友と連絡はとれているが、山陰と筑前は海を隔てて遠い。一日も早く月山城奪回を果さなければ老獪な毛利が、どんな手を打つか不安でならない。

簸川《ひかわ》平野に思うざま銀山兵を迎え討ってみごと大勝利を得ても、月山城を奪回するまでは心安らかではなかった。

叛逆

大友宗麟は毛利と戦う一方、陶晴賢に攻め亡ぼされた大内義隆の遺児、大内輝弘《てるひろ》を助けて、山口へ旗上げさせ、毛利挟撃の体制を整えた。

陶晴賢は弘治元年に厳島へ誘き出され毛利に殺されたが、元々は大内の家臣であった。大内が尼子を攻め、出雲へ遠征して失敗に終った弱り目につけ込んで叛逆し、義隆を攻めて自害させたのである。大内の実権を握った陶を計略で破った毛利は山陽第一の豪族にのし上がってしまったのだ。

逃げ述びた輝弘は尼子を頼った。

毛利に攻められた尼子が、月山城を失う前年まで、輝弘は六年余りも尼子に匿って貰っていた関係もあり、因縁浅くない間柄である。輝弘はその後、京へ上り、九州の大友を頼ったのである。

山口を出奔以来、輝弘も一日として本国の恢復《かいふく》を忘れてはいなかった。

大友宗麟の助けを借り、五千の兵と武器を得た大内輝弘が、山口へ討ち入ったという吉報は、尼子をも小躍りさせて喜ばせた。

山陰、中国に騒動が起れば、毛利は狼狽し、軍を退ければ六万の大友が追い討ちをかけ海に滅亡するよりほかないのだ。尼子にもどうやら運が向いて来た。今度こそ、銀山兵を追っ払った勢いで、一気に月山城を落してしまわなければならない。

士気天を突くばかり勇気凛々、しかし、西を引き揚げて秋山城へ戻ると、東からの急便が届いている。

毛利は用心深かった。出雲の押えとして米原綱寛に続く第二陣、南条宗勝《なんじようむねかつ》とその部将山田《やまだ》重直《しげなお》を筑前より帰国させていた。

南条宗勝は羽衣石《うえし》の城主であったが、かつて尼子に滅ぼされ、その後毛利元就に助けられて再び城へ戻った。毛利には深い恩がある。天野隆重に応じて出雲へ侵入してくるに違いない。

出雲から東へ三里、尾高《おだか》の城を守っているのは毛利譜代の宿将、杉原盛重である。山陰危うしとなれば、元就はこの杉原盛重も帰国させるだろう。

尾高は大山の登り口であるから、この城を手に入れなければ厄介なことになる。その評議もまとまらぬうちに、米子《よなご》の町に火の手があがった。

さては伯耆勢が出雲へ侵入して来たかと、気色ばんで立ち上がると、そうではなかった。

炎々と燃え上がる米子からまたしても急使が飛んで来て、三保の関を守る隠岐為清の叛逆を伝えた。意外な出来事である。何の為に叛逆なのであろう。

為清の不服は恩賞沙汰にあった。一の戦功者である為清が、島根半島を所望したのに対して、拒絶されたことを恨みに持ったのだ。久綱は代りの所領を約束したが、為清は島根半島以外は少しも欲しくなかった。半島は隠岐の対岸であり、山陰道きっての要所である。三保の関を通過する諸船からとりあげる税金の額はおびただしいものであった。

為清は面白くないのを我慢していたが、毛利の従軍から帰国した南条宗勝が、尼子の攻め落した伯耆の岩倉城を、立ち所に奪回したのを見ると、心はぐらついた。

島根半島が手に入らぬとなれば、尼子再興に手を貸したことも徒労に過ぎない。密かに毛利と通じておきたい下心も湧いた。

尾高の城に、杉原盛重が帰国する前に、米子の城下に火を着けて、毛利に対する心証をよくして置きたかった。

為清が火を放った米子の町は、夜の明けるまで燃え続けた。中の海に反映する火煙は赤々と新山城にも末次城にも見えて、夜空を焦がした。尼子勢の驚きは憤激と変わったが、一夜で急変した為清の態度は鹿之助にも納得がゆかない。

戦国の世の人の心は狂っているようにも思われた。

米子と尾高は日野川を中に挾んで、ほんの僅かな距離でしかない。伯耆へ討ち入るためにも、最も大事な拠点であり、米子を失うことは、尼子にとって最も不利であり、かえすがえすも残念なことであった。

寝返りを打った隠岐為清は、米子を焼き払うと同時に七百の兵を引き連れて、三保の関へこもった。ここは天下の険所である。水軍をただ一つの誇りとする隠岐にとって、背後に海を控えれば、尼子の攻撃を迎えて、三保の関ほどの屈強な場所はないのだ。背水の陣というものであろう。

三保神社に陣取りした為清は、ここで尼子勢と一戦を交えるつもりであった。

出雲本国を奪ったらと、期待が大きかったにもかかわらず、未だ何の恩賞にも預かっていないのが腹立たしく、鬱憤晴しがしたかった。

立原久綱と山中鹿之助を討ちとれば、隠岐の領主が合わせて出雲の領主となる。従って、それだけ多く恩賞にありつける勘定になる筈だ。

主君の為に働くよりも、恩賞に命をかけて、敵の兜首を狙うのが、一般軍兵達の気持だった。その為には、今日の味方が明日の敵となってしまうことも珍しくない。

鹿之助は、この為清との一戦で敵に囲まれ危うく一命を落すところであった。

明神の裏の藪に身を潜めて、かろうじて助かった。援軍の横道兄弟に助けられたのである。

三保の町に火を放って、為清も命からがら海へ逃れ出た。

さて銀山兵と、三保の関における勝利は、尼子勢の士気を再び燃やしたが……。

秋もようやく深まった十月半ば、毛利軍は北九州の陣を退去した。対陣の大友六万の兵は、退去する毛利軍になぜ追い討ちをかけなかったのだろう。

大友宗麟から一万の兵を与えられ、周防へ攻め入った大内輝弘は、毛利元就帰陣の報に慌てふためき、あちこちと逃げ回ったが、遂に元春の兵に追われて自決し果てた。花火のように儚ない末路である。

長の歳月、流離に身を任せた大内輝弘には腹心の者もなく、一万の軍兵を得ても、既に駆使できる器ではなくなっていた。

大友は呆れ、尼子はがっかりした。

毛利軍が無事に九州引き揚げを成功したのは、元就の戦い駆け引きのうまさにあったのであろう。

大内輝弘に絶望した大友宗麟は、結局毛利軍の引き揚げるのを待っていたようなかたちになったが、両軍が、お互に損害を避け合う為であったようだ。五分と五分の力とわかってみれば、今は戦う時機ではなかった。毛利の背後を、出雲の尼子や備前の宇喜多が狙っているように、大友の背後にも島津という大敵が控えている。お互に本国を失うような愚かな真似は避けたかったのだ。

尼子は備前の宇喜多と手を結んだが、これも大友同様、どの程度当てになるものかわからない。いよいよ帰国した毛利と戦う時がやって来たようだ。

秋から冬へ、鹿之助は幾度となく円山城へ攻撃をかけたが、城は容易なことには落ちそうもなく、伯耆大山の頂はまっ白になった。

冬将軍

海は日ごとに暗く深み、荒波を越えて渡り鳥の群れが飛んで来る。

毛利の北上を前に、牙城月山を得んとする鹿之助の目は血走っているが、天野隆重は悠然と構えている。既に七十歳に近い老身ながら、長の籠城にもいささかの疲れを見せず、自ら鉄砲隊の指揮に当たった。

吹雪に暮れて吹雪に明ける十二月ともなれば、積雪も深く、人馬の歩行も困難で、自然休戦状態にならざるを得ない。残る手段としては月山の糧道を断つほかなかった。

毛利の本国、芸州の吉田から出雲へ入るには、出雲の最南端赤穴《あかな》が関門となる。尼子が滅んで以来、赤穴は毛利方について勝久の再挙軍には加わらなかった。

赤穴から掛谷《かけや》、掛谷から東北に向かって多久和《たくわ》、日登《ひのぼり》、山佐《やまさ》、布部《ふべ》、富田月山城に至るのが道順である。この中、多久和と布部は尼子の手に戻ったが、糧食も武器も尽きないのを見れば、やはり抜け道はあったのだ。

年が暮れて、翌永祿十三年正月五日、毛利軍は早くも戦揃えをはじめた。出雲平定に向かったのである。七十四歳の元就は吉田の城に残り、孫の輝元が総大将となった。

吉川元春、小早川隆景が両翼となってその勢いは一万三千、尼子軍は七千に満たぬ兵力である。

元就は同時に備前の宇喜多へ備えた。宇喜多に対抗している備前の三村元親《みむらもとちか》へ一万の兵を送ったのだ。尼子の同盟を切らせる手段をとっているのは、尼子の再挙を侮っていない証拠である。

布部合戦の巻

かがり火

正月十五日

吉川元春の率いる三千の先鋭隊が赤穴《あかな》に到着し、続いて本隊の毛利輝元が七千の軍兵に守られて北上した。後陣は小早川隆景。毛利に心を寄せる石見、出雲の兵が続々と馳せ参じ、たちまち膨くれ上がった大軍は、掛谷《かけや》で一先ず戦備を整え、月山城を目指した。

多久和城《たくわじょう》が風前の灯火となったのは正月二十八日、今は尼子勢も必死である。八方より集まって布部《ふべ》の陣を固めた。

ここで食い止めなければ月山城の奪回はおぼつかない。

西北田を繰り出した毛利軍は、永禄十三年二月十三日の夕刻、既に布部山の下東西に布陣を完了し、合戦の時刻を待つばかりであった。

富田の月山城より南へ三里の地点にある布部山は、打ち続く出雲連峰と渓谷の間に、一際険しく独立した山で、立て篭る尼子勢は毛利軍一万三千に対し、約その半数である。数の上からいえば、平野での戦はおぼつかないが、天険《てんけん》の利をもって当たれば、例え幾万の兵を迎えようと、びくともしない成算が鹿之助の胸中に出来上がっている。

吉川、小早川の両翼を引率する毛利輝元は、意気天をも付く勢いであるが、毛利は何よりも富田月山城の、天野隆重の急援に先を急いでいるのだから、玄関口の布部で食い止めねばならぬ。月山へ入城してからでは遅いのだ。

今となっては絶好のチャンスであった。この機会を逃してはならない。鹿之助は必死である。夜になって雪となり、十四日未明になっても降りやまず、寅の刻（午前四時）すぎには全く視野の効かぬ大雪となった。

空を仰いで嘆息を漏らしながら、合戦の準備は進められた。

兵士は皆武装したまま、陣小屋の藁の上に仮寝をさせた。スワの一声に、すぐさま飛び出せる体勢でいなければならない。槍、刀、鉄砲を握りしめたまま眠った。

夜番は降りしきる雪の中を、交替で篝火を燃しながら陣内の各所を見回っている。

「うあ、寒いなア。この大雪ではとても合戦にはなるまい。」

「そうとも、おれは腹の底まで凍えてしまったぜ。夜警の役目を済ませたら、酒でも飲んでぐっすり寝ないことにはどうもならん。」

砦を守る尼子の雑兵連は、呑気な事を言いながら、降りしきる雪の中で火を焚いている。

山上でも山下でも篝火は無気味なほど盛んに燃えた。

春の淡雪

布部山の砦といっても、この決戦に備えての急ごしらえで、あちこちに兵糧倉庫や、武器弾薬を入れる倉庫、物見の櫓などが出来上がったばかりで、まことに些細なものであった。

もともと、月山城への途中を守る小さな出城に過ぎず、尼子の手に戻ってからは、尼子譜代の宿将、森脇市正久仍《ひさより》が三百の兵で守備にあたっていた程度のものである。

戦国時代の武士や豪族《ごうぞく》は、各自の領地に土着して、その地の農民を駆り出しては戦に参加した。本当の武士というのはごく少なかった。従って烏合の集まりのようなものであって、戦に在りついておりあらば兜首の一つもとって褒美に在りつきたい。ただそれだけのことで血気に逸る若者たちが、うだつの上がらぬ百姓を嫌って飛び出して来る。節操も何もないのだ。野伏同然である。ちょっとでも怠けて、得をすることばかり考えたがる。

夜は薄っすらと明け放ったが、雪は小止みもない。

陰暦二月十四日は、今の暦では三月も半ばになるのだから、このような大雪は、春の先触れともなるのである。しっとりと雨を含んで花びらのように厚ぼったい牡丹雪。斑に野も山も埋め尽くしながら、片っ端しから消えてゆく。視野は一切効かず、道はぬかり、人馬を悩ますこの雪が、布部の合戦を最も悪条件に落とし入れてしまったようだ。

朝の間の淡雪だ、くらいにしか考えていなかった鹿之助も、空を仰いで憮然となる。雪はまるでのしのしと音をたてて降ってくるばかりか、寒気を誘っているようだ。この上気温が下がると吹雪にもなりかねない怪しい空模様であった。

卯の刻も過ぎた。尼子の浮沈を賭けたこの一戦が、今まさに始まらんとしているのに、依然として雪は降り止まぬ。火縄が濡れては鉄砲が撃てないと、軍師久綱も焦り始めた。

「なあに、毛利の奴らだってこの雪には困ってるさァ。」

呑気なのは雑兵だけである。

久綱は尼子軍を東西二つに分けた。東の登り口は森脇久仍が守りにつき、西の登り口には、牛尾弾正忠が立った。

牛尾弾正は年は若いが、尼子切っての横紙破りと敵に恐れられた猛将である。

布部山は南は平地に面していたが、山裾を布部川が流れて敵の襲撃を遮り、北面は絶壁で谷を隔てて連山に相対し、東と西の登り口のみが山上への通路になっている。布陣の工合からしても、毛利は一気に城門をさして山坂道を登るつもりらしい。

寒さで兵卒の士気が衰えてはならぬ。朝食に碗一杯ずつの酒が配られた。その、酒のついた朝食もまだ終らないうちに、ぼう、ぼうぼうと、微かに谷間に響く法螺貝の音を、鹿之助ははっきりと耳に聞いて、箸を捨てた。

すっくと鹿之助が立ち上がると、後藤彦九郎の手が素早く槍へ伸び、

「来たな！」

と二人は同時に叫んだ。

近習は一斉に碗を置いた。

陣屋の前に勢揃いが済み、鹿之助は望楼《ぼうろう》へ駆け上ったが、雪が小止みもなく降り続くので、毛利の陣営を見ることができない。敵が間近に迫っていることだけは確かだった。

久綱は痛々しい表情で鹿之助に言った。

「敵に勝つことを考えるよりまず、負けない用心で戦うことだ。おそらく毛利はこの布部で尼子の全滅を計っているに違いない。しかし鹿之助、たとえ負けても無事に引き上げるのだぞ。秋山城には勝久公が待っていられるのじゃ、この事を忘れずに。たとえ負けても、どこどこまでも必ず落ちのびてくれ。」

鹿之助は大きな声でからからと笑った。

「なんと叔父上は、戦わぬうちから気の弱いことでござるよな。」

「いや、七転び八起きだ。逸ってはならぬ。お前はまだ若いのだ。毛利は月山城を攻め落すの

に四十年の歳月をかけたではないか。勇に逸って命を粗末にしてはならぬということじゃ。」

鹿之助は深く頷きながら、晴れ晴れとした顔で叔父久綱を見返った。

開戦を告げる味方の法螺貝が鳴り、ほとんど時刻を同じくして東の城門に喚声がどっと沸いた。激流のような勢いで、敵ははや山坂道を登って来たのだ。

伏兵を秘めてあったのか、北からも南からも敵はよじ登り、這い上がって来た。いずれ尼子を寝返った者たちの手引に違いない。

べたつく雪は火縄を濡らし、果して銃砲隊の働きは思うに任せなかった。鉄砲が駄目なら弓だ。矢だ。城門の左右から、入れかわり立ちかわり敵の頭上目掛けて射かけるのだが、毛利もさるもの、先頭が崩れれば、崩れる先頭を押しのけ、二陣三陣が息つく暇も与えず攻め登る。

尼子の牛尾弾正は堪り兼ねたのか、群がり登る敵の真っ只中に忍び込み、真っ向から敵を切り崩す戦法に出たが、西に吉川、東に小早川の精鋭は少しも怯む振りはなかった。傷付く味方を踏み越えて突進し、尼子軍と大激突と見せかけて、その隙を縫ってついに通路を作り、真っ黒い塊のように山上へ雪崩込んだ。

山下に構えた陣営は、早くも崩れて敗走したものとみねばならない。雪の為、見透しの効かなかったことが大きな原因となるのだが出会から失敗に終ったようなものだ。

遊撃隊を組織して、山上にひたすら待機した尼子十勇士のうち、尤道理之介、寺本生死之介、植田早稲之介、深田泥之介、小倉鼠之介の面々は、それぞれ百騎の手勢で槍を構え、刀を振り上げて、見参、見参と死にもの狂いに暴れ回る。降りしきる雪の中を、互いに追いつ追われつ、いつ勝負が決するともわからず、久綱も鹿之助も、乱れる味方の指揮に死にもの狂いである。牛尾弾正が戦死した知らせを受けると、鹿之助は、久綱の止めるのも振り切って一隊を引き連れ、先陣に立って山を駆け降りた。敵の本陣をつくつもりである。

毛利輝元は、僅か十七歳の若さであったが、父に従って早くから戦場を駆け廻っているので、初めて大軍の総大将となった喜びは隠せず、鹿之助が先鋒に立ったと聞くや、無鉄砲にも馬に鞭当てて躍り出た。

輝元の近習も皆年若く、戦に慣れぬ若武者ばかりであるから、恐れというものを知らない。輝元に従って、それっとばかりに後へ続く。

武功者というものは、先陣を駆けても危地を心得て、決して迷い込んだりはせぬものである。機を見るに敏でなければならぬ。むざむざ討死《うちじに》してはならぬのだ。強敵とみれば巧みに鋭鋒をさけるのが本当である。

陣営を飛び出した輝元に驚いたのは毛利の宿将、粟屋掃部之助《あわやかもんのすけ》である。慌てて後を追ったが間に合わず、雪はますます激しく辺り一面、白一色に塗り潰されて、三間先も定かでない。馳せ来る人馬も、馳せ去る人馬も、敵か味方か、薄墨色に濡れそぼち、立ち止まって見極めようとすればたちまち弓矢に狙われる。

馬がつんのめる。人間が傷つき、喚き倒れる。その上に、春の先ぶれ、淡雪が泣くように降り積もった。

秋山城

「よく降る雪だ。布部の合戦はどうなったであろうな、小菊。」

「はい。」

勝久を仰ぎ見る小菊の目の色にも、不安が翳る。

湯新十郎は、勝久を元気づけようとするのか、快活に、

「山中殿は決して負けません。今頃、雪を蹴散らしての合戦でございましょう。」

と、少し羨ましげであった。新十郎はこの度の合戦に、戦場へ連れて行ってもらえなかったのが、不満でたまらないのだ。

勝久も同じことである。輝元は十七歳で毛利軍の総大将となって出陣した。吉川元長も十八歳で父元春に従って出陣した。十六歳になったばかりの、湯新十郎でさえ、戦場へ行きたがってうずうずしているのだ。尼子の総大将である自分が、不甲斐なくも秋山城で味方の安否だけ

を気使っているということがあるものか、勝久は寂しかった。自分と同じ年齢の隠岐清家も、毛利の児玉党が百隻の軍船で海を押し渡った知らせを受け取るや、尼子の水軍を務める奈佐の日本之助に劣らず一隊を預かり、海の守りに出たではないか——。

「小菊。お前は戦に出てみたいとは思わぬのか。」

「はい。」

小菊はただ笑っている。

「お前は女だからわからぬのだ。」

「いいえ、私も少しは槍を使います。矢も鉄砲も恐くはございません。でも若君をお守りするのが私《わたくし》の役目です。」

「鹿之助はなぜ私を戦場へやってくれぬのだ。」

「それは、若君が尼子の血筋を受けるただ一人の大切な方だからです。戦場では必ず多くの人が傷つき死んでゆくのです。若君にもしものことがあってはどうなるのでしょう。尼子の遺臣はみな若君を出雲の領主として仰ぎたいのです。何事も自重が第一だと、山中様が申されました。」

秋山城にも重い牡丹雪が降りつんで、広間のご座所間近く詰めた新十郎も小菊も、肩をつぼめて寒さに震えながら、合戦の吉報を待ち詫びている。

まる一日降った雪が止むと、入れかわって季節風が吹きつのり、雨が激しく大地を叩いた。山々が醜い地膚を現わし始めたころ、敗走の尼子軍は続々と帰城した。濡れ鼠の憐れな姿であった。

鹿之助だけがなかなか戻って来ない。城内では皆が寄り集まって気を揉んだ。鹿之助ほどの勇士が、むざむざ敵手に落ちるわけがないと思っても、やっぱり不安であった。

横道兵庫之介は討死した。牛尾弾正同様、尼子軍にとって大きな痛手である。疋田右近《ひきだうこん》、植田早稲之介も戦死、戦傷者の数は数えきれなかった。記録を読むと、この日の合戦で毛利に討ちとられた尼子軍の数は、七百六十四とある。

先手も後陣もなく、めちゃくちゃに乱入する敵の真っ只中に混ぎれ込んだ鹿之助は、片時も傍を離れたことのない後藤彦九郎ともはぐれ、大勢の敵に囲まれて切り合っているうちに、北面の崖から転落し、踏み誤って谷底まで真っ逆さまに墜落したが、運よく命は助かった。敵の手から逃げのびることはできたものの足に怪我をして帰城が遅れたのであった。

脱出

永祿十三年は四月で改元され、元亀元年となった。

布部の合戦で、大勝利を得た毛利軍は、月山城に入って、城はますます堅固となり、一方、敗れた尼子の勢力は日に日に縮んだ。

熊野城が攻められ、三笠城が落ち、末次もとられた。尼子が一年近くも果かって奪回した諸城を、毛利は僅かな月日で、次々と取り戻したのは、物資と兵力にものを言わせたのだ。調略は毛利方の最も得意とするところだ。

毛利の調略は思いのほか手を伸ばしていた。奈佐の日本之助や、隠岐為清とまで手を結んだのは意外なことでもあり、その為に水軍を失った尼子は、手も足も捥ぎ取られた恰好である。

僅かに秋山城を残すのみとなった尼子は、それでも少しも怯まなかった。布部の合戦で敗れた鹿之助の意志は、かえって強いもののように思われる。

月山奪回はならなかったが、出雲に根を下ろしている限り、絶望ということはないのだ。新月に祈ることも変わりなく、七難八苦も避けようとしない。全ては天意と諦めて、勝敗に齷齪《あくせく》しなかった。背き去る味方も多いが、まだ二千五百人の兵が、鹿之助の元を離れずに残っていた。

芸州吉田の本城で、毛利元就が病むと知らせが入った。元就は七十四歳の老齢である。もしものことがあれば、毛利はやむなく兵をかえすようになるだろう。その機を狙うのだ。

吉川元春が右をとれば左、左を失えば尼子は右を攻めた。戦闘は一進一退の状態を繰り返しながら、いよいよ鹿之助の待っていた日がやって来た。

元亀《げんき》二年六月、毛利元就は死んだ。

しかし、吉川元春は出雲を動こうとしなかった。親の死に目に会えなかった元春は、その父の供養とばかり、尼子掃滅を徹底的にやるつもりらしい。元春は、元就の次男であり、この時、四十一歳であった。天正十四年に五十七歳で世を去ったが、一生に、七十六回の城攻めと野戦を行って、六十四回の勝利を得たという、毛利随一の勇将であった。鹿之助が生涯の敵として狙ったのがこの元春である。しかし元春の方では、鹿之助を敵に回していながら、鹿之助の実力を惜しみ、味方に欲しいものだと思っていた。

元春は六千の兵をもって、先ず伯耆大山の経悟院を攻めた。

鹿之助は経悟院を助けるために、神西三郎左衛門《じんざいさぶろうざえもん》の守備する伯耆末吉城《すえよしじよう》へ駆けつけた。

だが、元春の目的は経悟院を攻めることではなかった。直ちに末吉城へ反撃して、鹿之助を襲った。鹿之助を生け捕りにするのが元春の目的であった。風のような素早い行動で末吉城を包囲した。意表をつかれ、鹿之助は、力尽き果てて元春の思い通り、吉川の軍に下った。

秋山城に残した勝久が気にかかり、鹿之助は、縄目の恥に甘んじたのである。だがその秋山城も、鹿之助が伯耆の尾高の城に幽閉されている間に落城し、辛くも城を逃れ出た勝久は、隠岐清家に助けられ、香賀桂島《かがかつらじま》から小舟で隠岐の島へ隠れた。

元亀三年正月元朝。

空は晴れて、尾高の町は年頭祝賀に登城《とじよう》する人々でごった返した。

道端で餅屋が店を並べ、子どもは凧上げに夢中だ。三沢鉢屋衆《みさわはちやしゆう》が打ち揃って賑やかに鼓を打ち鳴らしながら通り過ぎる。

鉢屋衆は茶籠作りが本業であるが、正月には男が素袍大紋《すおうだいもん》をつけて踊り歩き、門口に立って祝言を述べる。女は段だら染の裁っ着け袴で鼓を打つ。三河万歳のようなものであるが、この年、尾高の町へは、殊の外この三沢鉢屋衆が多く入り込んだ。しかも、女鉢屋が多く、道行く人も城兵も屠蘇《とそ》機嫌でからかっていた。

そしてその時刻に、城の裏手から二人の男が忍び入り、山中鹿之助を救い出したのを、少しも知らずにいたのだ。黒装束の男は三沢鉢屋を使った藪中荊之介であり、もう一人の小さな、身の軽い男は鼠之介である。木地屋《きじや》の衆ももちろん隊を組んで尾高の町を歩き回っていた。

尼子最後の巻

第二回戦

永禄九年の尼子没落から、十二年間に三度主家再興の旗上げに、山中鹿之助は死力を尽くしている。

尾高城を脱出した鹿之助は京都へ逃げた。勝久も隠岐へ渡り、隠岐から逃れて京へ出た。

立原久綱の山科の屋敷には、留守を守る乳母の野菊が待っていた。野菊は勝久の安否を気づかい、娘小菊の身を案じながら、散り散りに京へ舞い戻って来る尼子の遺臣を温かく迎えた。久綱も市正《いちのかみ》も、京へ引き揚げて尼子再興の第二回戦の始まったのは、それから三年後の天正二年である。

尾張一国を統一し、桶狭間に今川義元を破った織田信長は、美濃を制し、足利義昭を将軍に奉じ京へ上ったのであるが、その勢力は五畿内の豪族を完全に押さえていた。

平安の昔から、信仰と暴力で政治に災いする比叡山を焼き払うほどの威力である。信長には、勝久がかつて東福寺に隠れていた頃、稚児として仕えた因縁もあって、鹿之助は機会を得て謁見を申し出て、尼子の窮状を訴えて助けを求めた。

天正元年に信長と同じく、天下征服をめざした武田信玄《たけだしんげん》が京へ上ぼる途上で病死し、山陽の雄、毛利と信長の対立は目に見えている。

中国地方を攻略する為にも、尼子の残党を利用する下心が、信長にも充分あったのだ。

信長は鹿之助を、中国征討軍の総大将、羽柴秀吉に付属させ、尼子再興に力を与える約束をしてくれた。

尼子万々歳である。

かくて戦備の出来上がった尼子の主従は、三千の兵力となってまず因幡を制し、次いで伯耆、出雲へと入るつもりであった。

因幡第一の豪族山名禅高《やまなぜんこう》が、家臣の武田豊前《たけだぶぜん》に城を奪われて放浪をしていたのを救った鹿之助は、まず因幡へ入ることに成功した。

鳥取城を取り戻すと鹿之助は、農民や、野武士を駆り集めた。

山名禅高は、山名宗全《そうぜん》の末孫であり、因州の屋形として因幡に君臨していながら、屋形としての人格も働きもなく、家来にまで追い出されるほどの意気地なしであったから、心に締りがなく、尼子が強ければ尼子に、毛利が強くなれば毛利へつく。

鹿之助が私都《きさいち》城の大坪甚兵衛《おおつぼじんべえ》を攻めにかかったが、なかなか勝てそうもなかった。しかし鹿之助は私都城をとるつもりである。

大坪甚兵衛が安芸へ下向するのを待って攻めた。城の守りは堅かった。鹿之助が勝てそうもないと見た山名禅高は己の身の安全を図るつもりか毛利を恐れて鹿之助に背き、尼子を追っ払ったのである。

しかしその為に禅高も、易々と吉川元春に鳥取城を攻め落される羽目になってしまったのだ。

尼子勢は若桜の鬼城へ移り、遂に私都城を落した。約束どおり、信長がよく援助してくれたからである。

私都城は亀井茲矩《かめいこれのり》に守らせた。

亀井茲矩とは湯新十郎のことである。尼子の宿将亀井秀綱に見い出されて、鹿之助は尼子へ召し抱えになった。後に秀綱の長女を妻にした鹿之助は、秀綱のなきあと、その妹も引きとって養育した。そして湯新十郎と娶《めあ》わせて、亀井の跡取りとしたのである。

亀井茲矩は後に鹿之助のとりなしで、豊臣秀吉に仕え、大いに武功のあった人である。

私都の若桜に篭った尼子勢はよく頑張った。

天正三年二月、織田信長と不和になった足利義昭は、備後の鞆《とも》へ渡った。

毛利は正面から当たらせて、背後から上杉謙信《うえすぎけんしん》、武田信玄の子武田勝頼《かつより》に討たせ、一挙に信長を葬らうとした義昭は、頻りに触れ文を飛ばしている。

毛利は山陰、山陽を支配していたが、兵力は五万内外に過ぎなかった。

それに引きかえて長篠の戦に勝った織田信長は、越前を征服して日本の中部のほとんどを支配している。その兵力もおよそ十五万といえば毛利の三倍の勢力である。だが、毛利としても、もはや踏み止まっている場合ではなかった。

八月に入ると、吉川元春は弟の小早川隆景を呼び寄せ、若桜の鬼城と私都城を包囲した。

私都城が落ち、尼子の宿将森脇市正久仍が遂に降人となり、尼子の一翼が崩れると、信長は明智光秀《あけちみつひで》を丹波へ繰り出させ、荒木村重《あらきむらしげ》を播磨へ送って浦上宗景《うらがみむねかげ》を助けた。

宇喜多直家《うきたなおいえ》が危ない。

小早川隆景は若桜から反転して、宇喜多を救援しなければならなくなった。若桜城は辛くも落城を逃れたかたちにはなったが、翌四年五月、鬼城も遂に落ちた。

勝久、鹿之助はじめ、尼子の遺臣たちは、またも命からがら京都へ逃げ戻り、念願の故国出雲へは足を踏み入れることが出来ずに、第二回戦も失敗に終ったのだ。

第三回戦

天正四年四月。

識田信長は大阪の石山本願寺を攻めている。

本願寺は毛利に救いを求めた。

毛利輝元は八百隻の兵船で、本願寺に武器弾丸糧食を送った。信長も負けてはいられない。

天正五年十月、羽柴秀吉を総大将とし中国遠征軍が安土を出発した。

小寺官兵衛《こでらかんべえ》を先陣とした羽柴の軍勢はたちまち播磨一帯を押さえ、破竹の勢いで備前、美作、播磨国境の要害上月城《こうづき》を攻め落した。

上月城は宇喜多直家の属城で、月の眺めが美しいので有名な城である。城の東と北に川が流れ、川を隔てて、西も北も南も山また山に囲まれた軍事上の要衝であった。

秀吉はこの上月城を、鹿之助等尼子勢に守らせて安土へ一先ず凱旋したのである。

毛利は織田の攻撃に対していろいろと策を練っていたが、宇喜多危うしの報に捨てて置くわけにもゆかず、まして備前、美作、播磨の国境であり、要害である上月城を守っているのが尼子の残党と聞けば、尚更殲滅を計らないと後々の為にならない。

翌春の四月を待って、吉川元春、小早川隆景は三万五千の兵を引き連れて上月城を包囲した。

毛利輝元は備中松山に後陣を構え、播磨の海には四百隻の軍船が守りについた。

急報に驚いた秀吉が、上月城へ向う折も折、播磨の三木城主、別所長治《べっしょながはる》が毛利に寝返ったのである。三木城が背いたとなれば、上月城と京都との連絡は断たれ、孤立無援の状態となってしまうのだ。これを放って置くことは上月城の尼子を見殺しにしてしまうことになる。秀吉はまずこの通路に当たる三木城を退治にかかったが、三木城は容易に落ちない。

毛利は宇喜多の軍勢一万八千を加えて、上月城に総攻撃である。堪り兼ねて秀吉は信長に援軍を求めた。

荒木村重の到着を待ってようやく上月城へ向かったが、上月山の東の高倉山へ陣を敷いても、それから先は一歩も進めない。山も谷も毛利の大軍でうずまっている上に、上月城の廻りには、幾条となく毛利の手で空堀が掘られ、柵も土手も築かれて砦を築き、援軍を近寄らせない必死の作戦ぶりであった。

城へはいる通路は、川に沿って一筋だけである。

難攻不落と言われる城は、救援に一層困難を極める。

信長はこの合戦に滝川一益《たきがわかずます》を派遣し、明智光秀を送り、我が子信忠《のぶただ》を送っているが、戦が長引けば長引くほど不利であった。

六月十六日、密かに京に上った秀吉から軍状を受けた信長の態度は一変し、上月城より先に三木城を陥ることに全力を注ぐべきだと主張し、軍を返せと命令した。

尼子勢を見捨てるに忍びないと、秀吉も頑張ったが、信長は、上月城は勝目がないと断定し、前言を翻さなかった。

織田方の最も精鋭である羽柴、荒木の救援隊が動きもとれないほど、毛利軍が圧倒的に優勢であると見た信長は、政略的見地から尼子勢を見捨てたのだ。天下第一の曲者と言われた信長が、悲運の尼子を見捨てるのに、なんの躊躇もいらなかった。

上月城は水も兵糧も尽き、ぼつぼつと落人が出始めたようだ。

秀吉は尚も諦めきれず、忍びの者を放って、鹿之助に脱出を勧めたが、遂に毛利の包囲を突破することは出来なかった。

六月二十六日秀吉は信長の命令に従って高倉山の陣を解き、上月城の運命は決まった。

上月山上

澄み渡った夏の夜空に、細い細い片割れ月が架かっていた。

鹿之助の愛慕した新月ではない。下弦の月が気味の悪い薄笑いを見せて、上月城を見下ろしている。

鹿之助は神西元通《じんざいもとみち》を使者にたてて、毛利方へ勝久の助命を願い出たが、許されなかった。

七月二日、まず神西元通が自刃した。

続いて尼子譜代の将達が枕を並べて切腹し果てた。

七月三日、鹿之助もこれまでと、涙を呑んで勝久に自害を勧めたのである。

兼ねて覚悟の勝久は、快く頷いて、長い間、尼子の為に尽くしてくれた鹿之助の厚情を謝し、形身に刀「国行《くにゆき》」を与えて、後事をよろしく頼むと両手を突いた。

鹿之助はその手を握り、声をあげて泣き出した。

「必ず、必ずこの刀で、吉川元春と刺し違いて死にまする。」

久綱も泣いている。亀井茲矩も小菊も泣いた。

後藤彦九郎も、藪中荊之介も小倉鼠之介も皆泣いた。

「小菊、京へ戻ったら、野菊によろしく伝えてくれ。」

勝久は髻《もとどり》を切り、一握りの髪の毛と、着ていた陣羽織を脱いで小菊に渡した。

「私はお供つかまつります。」

小菊は深い決意を面にあらわして頼んだが、勝久はそれを固く拒んだ。

「老いた母に孝養を尽くすのが、これからの、其方の務め、儂の分も頼む。」

と、にっこり笑った目に感謝の涙がいっぱい溢れて、きらきらと光った。

「この度の合戦に、そちの働きは男にも勝る天晴なものであった。亡き父上も、定めし地下で満足されたであろう。あの世への、よい土産話になった。」

「御言葉有難う存じます。」

男姿の小菊は泣き伏してしまった。

馬に跨り、城を出て槍を使う小菊の働きは勇ましかった。小菊の名は、今では毛利の荒武者たちの間にも響き渡っている。しかし小菊にとってはそれが何になるのであろう。長い歳月、辛苦をともにして勝久のために生きてきた小菊である。勝久一人を死なせてよいものであろうか——。

勝久が腹を切り、上月城は開城となった。鹿之助は勝久の首をもって再び毛利方へ降人の身となったのである。

毛利方の吉川元春は、鹿之助を優遇して、周防の地に、五千貫の所領を与える約束で、一先ず身柄を安芸の吉田へ送ることにした。

三十人ばかりの毛利兵に護衛された鹿之助は、上月から安芸へ下った。

美作、備中から備後と炎天下の山路を歩きながら、鹿之助はそれほど悲嘆もしていなかった。いずれ信長や秀吉が、中国を征服するに違いないと信じていたからだ。

降人の身で、毛利に命を助けられた上に、五千貫という過分な所領をあてがわれても、格別嬉しいこともなかった。

鹿之助は黙々と歩き続けた。汗は額から首筋を伝わって背中まで落ちて行く。鹿之助は拭おうともしなかった。

合の渡し

落合を過ぎ、北房《きたふさ》を通って松山へ出た。松山は高橋とも言った。

松山城は備中のほぼ中央にあたり、元は尼子の家臣吉田義辰《よしだよしたつ》がこの城を領していた。

上月城を包囲するに当たっては、つい先頃まで、毛利輝元がここに後陣を構えていた。

松山から備後を経て、安芸へ至るのであるが、西へ二里ばかり進んだところで、高梁川《たかはし》と、成羽川《なりわがわ》が合流して甲部川《こうべがわ》となる。その合流点を甲部川の渡しとも、合の渡しとも呼んだ。

天正六年七月十七日。

秋も間近いのだが、日中の暑さは格別で、夏の名残は少しも衰えを見せず、じりじりと焦げつくような太陽に、油蝉がしきりに鳴いた。

広い甲部川の流れは緩やかで、川面は白くきらきらと、魚の腹のように光って眩しい。渡し場に辿り着いた一行は、渡し舟を待ちながら、木陰を求めて一休みすることになり、鹿之助も岸辺の大石の上に腰を下ろした。

川風は流石に心地良く、肌に風を入れながら川面を眺めていると、睡魔が襲う。

鹿之助は、故郷出雲の富田川を思い浮かべていた。

有為転変とは言いながら、尼子には運がなかったのだろうか。

故国出雲の回復と、主家再興の為、文字通りの七難八苦に、鹿之助は辛酸《しんさん》の限りを舐めつくして、天にも見放されてしまったのだ。

永禄十二年の夏、海賊船に乗って千酌の浦へ上陸できた時の喜びが、まだ昨日の事のように思い出されるのに、あれは夢であったのだろうか——。

帰国の喜びに咽喉も破けよと、月山へ向かって三度鬨の声をあげたあの感激は、そして布部における敗戦、私都城より敗走、但馬から京へ逃げ戻った折の惨めな姿、だが、希望はそれでも失せなかった。未来に対する夢は一層熾烈であった。

上月城では、新月を仰ぎながら、よく勝久と語り、叔父立原久綱と語り合った。今度帰国する時は、戦勝者として故郷へ凱旋するのだ。織田信長や羽柴秀吉の後援を得て出雲から中国へ進撃してゆくのだ。その勢いにのって、尼子関係の諸豪族は一斉に蜂起するに違いない。そうなれば毛利ももうおしまいだ。だが、今はその夢も希望も、全てが破れ去った。上月城の落城とともに崩れ去ったのだ——。

深く思い沈んでいた鹿之助は、背後に、突然閃くような殺意を感じてぱっと身をかわしたが、間に合わず、あっと叫んで川へ飛び込んだ。

鹿之助の肩が二つに割れて、みるみる血が溢れた。油断をしていたのだ。鹿之助の油断を見澄まして、護衛の河村新左衛門《かわむらしんざえもん》が突然斬りつけた。

鹿之助は泳いだ。川水がみるみる赤く染ってゆく。新左衛門があとを追った。二人が水中で組んず解れつ戦ったが、新左衛門が組み伏せられそうになると、福間彦右衛門《ふくまひこえもん》がすぐさま飛び込んで、後ろから鹿之助の髻を掴んで引き倒した。

力尽きた鹿之助は、深手と出血のため失心して、難なく首を斬られてしまったのだ。吉川元春の命令であったことは言うまでもない。

旅の疲れと暑さに、鹿之助は油断をしていたのだ。勝久より拝領の「国行」の太刀は、遂に抜く間がなかった。鹿之助の生涯の敵は毛利でなくして、吉川元春であったのかも知れない。

鹿之助はその年三十四歳。

首は直ちに安芸の吉田へ送られたが、輝元の前へ差し出された生首は、土色に青ざめて、目はかっと見開いたまま宙を睨み、永久に閉じることのない深い恨みの表情である。居並んだ毛利の荒武者たちも、思わず面を背けた。

合の渡しは山中鹿之助の最期の地となり、首は広島県の鞆に葬られたが、鹿之助を慕う人達の手によって、鳥取県鹿野《かの》の幸盛寺《こうせいじ》や京都寺町にも墓が建てられた。

（お断り）
本作品は1957年4月より、小学館発行の雑誌「中学生の友3年」〜「高校進学」に
1年間連載され、今回初めて一冊にまとめたものです。
あきらかに間違いと思われるものについては訂正いたしましたが、
基本的には底本にしたがっております。
また、底本にある人種・身分・職業・身体等に関する表現で、
現在からみれば、不当、不適切と思われる箇所がありますが、
著者に差別的意図のないこと、
時代背景と作品価値とを鑑み、著者が故人でもあるため、原文のままにしております。

山中鹿之助

2015年5月25日　初版第1刷発行
2024年11月6日　第11刷発行

著者　松本清張
発行人　石川和男
発行所　株式会社　小学館
〒101-8001
東京都千代田区一ツ橋2-3-1
電話　編集　03-3230-9355
販売　03-5281-3555
印刷所　大日本印刷株式会社
製本所　大日本印刷株式会社
装丁　おおうちおさむ（ナノナノグラフィックス）

ISBN978-4-09-352201-4

P+D BOOKS